Awarded Novels
长青藤国际大奖小说书系

明日香，生日快乐

ハッピーバースデー 命かがやく瞬間

〔日〕青木和雄 吉富多美 著 彭懿 译

晨光出版社

送给值得被珍爱的你

　　对于你来说，过生日是不是一件非常快乐的事情？围绕在蛋糕周围的亲人和朋友，摇曳的蜡烛，轻轻哼唱起来的生日快乐歌，会让你觉得，有那么一刻自己就是这个世界上最重要的人。原本，对于爸爸妈妈来说，每一个孩子就是如此的重要和珍贵。然而，假如你的亲人根本不在乎你，假如妈妈对你说一句"要是没有生你就好了"，你会不会觉得整个世界都要坍塌了？

　　11岁的明日香，就有这样一位妈妈。在生日那天，她满心期待着妈妈下班回来会给自己带一份心仪很久的礼物，期待着会吃上美味的蛋糕，会听到家人为自己唱生日快乐歌。但是，这些美好的幻想被妈妈一句"要是没有生你就好了"完全打破了。这句话在小女孩的心里所激起的波澜绝非委屈可以形容，那是亲情的伤害，是世界上与你最亲的人给你最深的伤害，是成长路上最深的心灵创伤——是我哪里做得不好？为什么我不值得爱？我在这个世界上还有生存的价值吗？这些疑问和呐喊回荡在《明日香，生日快乐》这本书的开头。

　　这本书的作者青木和雄当过小学的辅导员、校长、教育咨询顾问，同时也是一位心理学家，他深深地了解少年儿童的心理世界，熟悉儿童的生命状态，时刻关注他们的处境，对这种伤害所带来的痛苦感同身受。在成长的路上，有些孩子得不到父母的重视，还有些孩子在学校里被欺负、被冷落、被排挤，仿佛是校园里多余的人。有多少人去关注过这些孩子的处境，了解过他们内心的痛苦？有多少孩子就像书里的主人公明日香，一度失去了童年天真的笑容，甚至失去了声音和生存的希望？这些孩子不再觉得自己值得被珍爱，也不懂得如何去爱别人。

但每个人都有权利自由快乐地生活在这个世界上，每个人都是独一无二、无可替代的个体。追求幸福与被爱是每一个人的权利。在这个故事里，明日香在被孤立中遇到了成长的瓶颈，因缺少爱护而找不到存在的意义。她的遭遇令人揪心，可她还是幸运的，有保护她的哥哥、细心呵护她的外公外婆、关爱她的老师，以及乡下淳朴的环境。这些都让她受伤的心灵慢慢愈合。

然而，来自妈妈的认同与爱终究无可替代。妈妈把她带到了这个世界上，赋予她生命，但却没有给她相应的爱。她该怎么样面对未来的生活呢？她会重新站起来去追寻幸福和爱吗？她会探寻到生命的真谛吗？那曾经被亲情的冷漠撕裂的幼小心灵，还能否用爱缝补起来呢？

在日本，这本书的销量突破了 150 万册，被日本教育部选定为优良文学作品，获得日本厚生省中央儿童福利审议会、PTA 全国协议会、儿童权利协会特别推荐，并改编成漫画、动画电影、音乐剧、戏剧、电视剧、朗读剧、广播剧……打动了成千上万人的心。在日本第 44 届青少年读后感写作比赛中，这本书被列为指定图书，也就是说那一届所有参赛的学生都要写对这本书的读后感。

作者在后记中，阐述了这本书的写作灵感，它来自一个真实的故事。作者以文学的艺术形式将这个故事呈现给全世界的读者，并深情地将这本书"献给世界上仅有一个的、最宝贵的你……"。故事的最后，是明日香的 12 岁生日，在经历过一场类似重生的挣扎之后，她会迎来一个快乐的生日吗？我想每一个读者的心中，都会心存一个温暖的期盼。

目录
カタログ

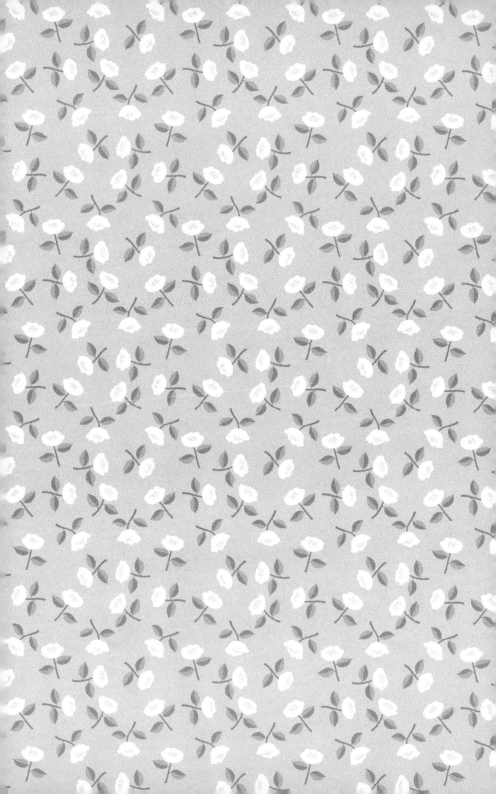

生日蛋糕

"你哟，没生你就好啦！"

直人一边灵巧地把用微波炉热好的咖喱分到两个盘子里，一边说道。厨房里溢满了一股软包装咖喱的甜酸味。

"你想得倒美，以为妈妈会拎着蛋糕马上回家？"

直人边说，边咔嚓咔嚓地用匙搅拌着咖喱和米饭。今天，是明日香的 11 岁生日。

抬头望向壁钟的明日香，慢慢地把目光移到了直人的身上。

"你都看过几次钟啦？你等也是白等，比你生日更重要的事，妈妈多的是！"

明日香的心剧烈地颤抖起来。

明日香，生日快乐

　　直人没有说错，明日香想。

　　妈妈的脸上，常常挂着一种忘记了明日香存在的表情。

　　即使是在与明日香面对面的时候，妈妈也总是瞅着别的地方，从来不正视明日香的眼睛。

　　为了不让直人觉察出自己内心的不安，明日香把目光投向了地面。

　　"可去年，还有前年，妈妈都为明日香过过生日啊！"

　　明日香装出一副若无其事的样子，把矿泉水倒进杯子里。

　　"那是妈妈为自己做的一个仪式哟！不过是为了所谓的好母亲所做的一次年度例行公事而已。"

　　直人压低了声音，轻轻地说。这在直人来说，也是十分罕见的。明日香睁大了眼睛，眨也不眨地直视着直人。

　　被明日香这么一瞪，直人突然从鼻子里哼出了一声笑声：

　　"赌一把怎么样？妈妈呀，她肯定把你的生日忘到脑袋后面去啦！"

　　说完，直人把满满的一匙咖喱送进了张大的嘴里。一边嚼，他一边开心地看着动摇起来的明日香。

"才不会有这种事呢！妈妈才不会忘记明日香的生日。"

明日香用细细的手指掐住了喉咙，哑哑地说。

明日香的心中一旦充满了悲伤与痛苦，就会灼烧一般地痛起来，痛得都透不过气。不知从何时开始，只要心一痛，明日香就会习惯性地掐住喉咙。

直人的喉咙里发出了咯咯的笑声：

"听说你算术考了20分，理科12分？而且上课还精神溜号，被老师给训了一顿？所以妈妈讨厌你这种笨蛋，要说没生明日香就好了！"

明日香那睁得大大的眼睛里，顿时噙满了泪水。她的手哆嗦着，抓起杯子，猛地朝直人的脸上泼去。

"你干什么呀？我真不敢相信了，你这头章鱼！"

直人措手不及，被浇了一头。

明日香飞快地逃回了自己的屋子里。

胸中一阵刺痛，明日香的喉咙里发出了类似狗在远吠的呻吟声。呼吸变得困难，她觉得自己快要昏过去了。

——哥哥，我讨厌你……

——妈妈绝对不会说"没生明日香就好了"……

——明日香不也是和哥哥一样，都是爸爸和妈妈的孩

明日香. 生日快乐

子吗……

　　哭着哭着，明日香不知不觉地竟睡着了。

　　深夜，明日香突然醒了过来，直人与妈妈的对话传到了她的耳朵里。

　　"我被那家伙泼了一头水！"

　　"怎么会干出这种事？我真是拿她没办法了。"

　　妈妈喝过酒，声音比平日里要刺耳得多。

　　"就算是妈妈把明日香的生日给忘了，她也不能往我身上泼水啊！"

　　"啊，对了，今天是明日香的生日啊！"

　　"果然给忘了。"

　　"可你看我有多忙啊？不过，要想过生日，明日香可还要加把劲儿噢！要是她是一个像直人这样成绩名列前茅的好孩子，妈妈绝对不会忘记的！明日香呀，什么都是一事无成。和直人比起来，简直是一无是处。唉唉，要是没生明日香就好了！"

　　妈妈的话，让明日香的心火烧火燎般地痛了起来。

——妈妈怎么这么说……

——也太过分了，妈妈……

本想叫出声的，但发出来的是呼哧呼哧的喘气声，连自己的耳朵都听不到了。这让明日香觉得无助，不安与悲哀在心中蔓延开来。心脏剧烈的鼓动声，与外面的雨声交织在了一起。

明日香下了床，轻轻地推开了窗户。

雨的气息一下子涌进了房间。明日香把身子探出窗外，放声大叫起来：

——救救！

——谁来救救明日香！！

明日香的叫声，不过是一丝微乎其微的气流，一下子就被六月的雨幕吞噬了。

明日香失去了声音。即使是呼叫，也没有人能听得见了。雨水和泪水顺着她的脸颊淌下来，明日香战栗着，就那么站在黑暗里。

第二天早上，明日香红肿着眼泡儿，一声不吭地吃早饭，可妈妈居然什么也没说。

——妈妈，我发不出声音了。

——明日香应该怎么办才好呢？

想把这些话对妈妈说，明日香盯住了妈妈。妈妈明明感觉到了明日香的视线，却板着面孔，躲躲闪闪地不去理会明日香。

明日香那副垂着头、阴沉着脸的样子，让樱花小学五年一班的桥本敦子老师担起心来了。明日香是个文文静静的女孩，虽说在班里不那么引人注目，但彬彬有礼，与你说话时总是把手放在膝头上，目不转睛地望着你。可今天，她还没有抬头看过一次桥本老师。

"藤原明日香，你来读第 24 页吧！"

第三节上语文课时，桥本老师点了明日香的名字。

明日香一瞬之间睁大了眼睛，捧着课本，慢吞吞地站了起来。想读，却读不出声音。

"藤原，你怎么啦？"

桥本老师从课本上抬起脸，望着明日香。明日香用右手指着喉咙，连连摇头，嘴巴一张一合：

——我发不出声音。

从手势和口型里，桥本老师知道明日香要说什么了。班里所有同学，都注意到了明日香的异样。

"是感冒发不出声音了吧，你坐下吧！等一下和老师一起去医务室！"

老师想保护众目睽睽之下的明日香。

"原来是感冒啊！老师，上次我也感冒过，高烧烧到41℃哪！"

"那次不是温度计坏了吗？这烂故事我们耳朵已经听出茧子啦！你可真是烦啊，你要是得了和藤原一样发不出声音的感冒有多好呀！"

"讨厌！你怎么可以对明天的偶像说这种话呢？我要是成了名，可不给你签名。要是听不到我的声音，我的观众会难过得哭起来！"

"你这张脸，是偶像的脸吗？不过，如果为了这个梦想再加把劲儿，说不定会成为一名笑星。"

常使课堂乱成一团的孩子们，这次倒帮了一个大忙。

明日香那张绷得紧紧的脸，看上去，多少缓和了一点。

明日香，生日快乐

桥本老师在乱哄哄的教室里，长长地舒了一口气。

　　课间休息时，桥本老师把明日香带到了医务室。

　　医务室的尽头，并排摆了两把圆椅子，明日香和桥本老师面对面坐下了。老师的膝头上，搁着一本素描簿。

　　"可以问你吗？"

　　桥本老师窥视着明日香的脸，说。

　　明日香有些迷惘，应不应该信任桥本老师呢？如果心灵再受到一次伤害，明日香就要停止呼吸了。

　　"请信任老师呀，老师是和明日香站在一边的啊！"

　　桥本老师把自己那又白又长的手指，叠到了明日香的小手上，无名指上一枚崭新的银戒指闪烁放光。

　　明日香闭上了眼睛。老师温暖的手指，让明日香觉得自己那僵硬的身子松弛下来了，好受多了。

　　"想说什么都行呀，写在这上面吧！"

　　老师动了动身子，一股淡淡的香水味飘了过来。明日香从桥本老师手里接过蓝色的签名笔和素描簿，沙沙地写了起来。

明日香，生日快乐

"老师，你幸福吗？"

意想不到的问题！桥本老师的脸上浮现出了困惑的表情。明日香紧紧地盯住了老师的脸。

"怎么说呢，现在要算最幸福了吧！"

明日香把签名笔握得紧紧的，沉思了片刻，翻到素描簿的下面一页写道：

"为什么你会觉得幸福呢？"

桥本老师笑了。

"真的，为什么呢？因为有了真心爱你的人，觉得被那个人深深地爱着吧？"

桥本老师小心翼翼地说着，脸上浮起了红晕。

明日香那暗淡无光的瞳仁里，亮起了一丝微弱的光。

——怎么能感觉出来被爱呢？

——怎样做，才能被爱呢？

明日香的嘴唇剧烈地抖动起来，一种什么感情被唤醒了似的，脸上充满了生气。

桥本老师咳嗽了一声，面向明日香：

"怎样做呢？"

桥本老师想，自己还真的从未思索过这个问题。

一股湿润的风，从敞开的窗户里吹了进来，把一身大汗的两人裹住了。

"唔，是呀，什么时候才会感觉到被爱呢？"

桥本老师几乎忘记对话的一方是一个 11 岁的孩子了，陷入了认真的沉思之中。她目光追逐着远去的风，问自己的心灵。明日香的心扑通扑通地直跳，快要晕倒了。

——真想这样和妈妈说话。

——明日香觉得不可思议的事情，想知道的事情。

——妈妈如果也能像桥本老师这样思索，有多好啊。

——和别人一起思索，怎么会是这样一件让人激动的事呢？

——怎么心都会狂抖呢？

明日香的泪水，滴到了搁在膝头的素描簿上。上面写着的"幸福"两个字，被泪水洇化了。

桥本老师把一块绣球花颜色的手绢，放到了明日香的手上。

"要用心灵来谛听我的声音，要能理解毫不掩饰、本色的我，当我觉察到一个人有这样一颗心时，我就觉得被人爱了。"

明日香连眼睛也不眨，屏住了呼吸，盯着桥本老师。

明日香，生日快乐

"我从没想过，怎样做才能被人爱。只是珍重自己，珍重自己遇到的人，真诚地度过生命的每一刻。我只是期待，有一天，如果出现了一个能欣赏我这样的人的人，该有多好啊！"

为了能够传递到明日香紧闭的心灵，桥本老师一句一句百感交集地说着。明日香的泪水夺眶而出了。

——妈妈，爱爱明日香……

——妈妈，求你了……

从明日香那颤抖的嘴唇上，桥本老师读出了她的悲伤有多深，禁不住搂住了明日香那小小的肩膀。

这一天的午后，桥本老师与明日香的妈妈联系上了，请她来学校一次。

"您知道明日香发不出声音了吗？"

好不容易把忙得不可开交的妈妈叫来了，桥本老师开门见山就进入了正题。妈妈一脸的不快，怒气冲冲地瞪了桥本老师一眼。

"请不要小题大做，不过是耍耍小孩子的脾气而已。我法语通译的工作刚开始，忙得团团转不说，还要参加志愿者活动，担任日语教室的老师！我真是连一点点自己的时间都没有！"

妈妈用手拉了一下白衬衫的领子，跷起的腿互换一下，挺直身子：

"昨天晚上突然就来了通译的任务，回来迟了。不是我忘了明日香的生日，是工作脱不开身啊！可你看她，还耍脾气，还把火发到了她哥哥的头上！这孩子真是让我伤透了脑筋。"

妈妈说得飞快，脸上渗出了一层薄薄的汗珠。

"是吗？明日香受到了相当大的压力。"

妈妈打断了忧心忡忡的桥本老师的话，说：

"那孩子说什么了吗？就算说了什么，也请不用担心。明日香的压力，也并不一定只是来自家里吧？不会是在学校遭人欺负了吧？这方面，校方是不是尽到了责任？"

妈妈一边用长长的指尖，咚咚地敲着桌子，一边怒视着桥本老师。桥本老师显然是被妈妈吓住了，面露惧色，把手搁在了一边的素描簿上。这时，明日香的泪眼浮现了出来。

明日香，生日快乐

　　明日香，老师不会退缩的！桥本老师在心底里对明日香起誓。

　　她挺直了身子：

　　"我觉得，遭人欺负也是一件非常自然的事情。"

　　听到桥本老师这样说，妈妈嘴撇了一下，笑出了声：

　　"你承认她遭人欺负？这问题可大了。"

　　"不，欺负人是不允许的。但是，人有好的一面，也有坏的一面。孩子们经历的事还太少，遭受几次挫折是好事。不是去禁止，我想，有机会应该教会他们拥有一颗互相尊重的心。我希望孩子们能好好相处。"

　　"就因为把话说得这么漫不经心，明日香的成绩才上不去！我可是想让明日香去考私立中学的，如果应该教的东西，还不快点教给她，为难的可是我！"

　　说到"快点"的时候，妈妈还特别加重了语气。不论妈妈的脸色有多么可怕，桥本老师再也不畏惧了。

　　"我缺乏经验，有许多做得不够周到的地方，您能直截了当地指出来，我觉得高兴，谢谢您。"

　　桥本老师轻轻地低下了头。她要说说明日香了，问题还在后面哪！桥本老师暗自为自己鼓了鼓劲儿。

"还是说说明日香吧，在学校里，她一句话也说不出来了。在家里呢？"

妈妈把脸偏向一边，没有回答。

"请您看看这个。"

桥本老师把素描簿翻开，妈妈的目光慢慢地移了过来。

"这是明日香写的。一个仅有 11 岁的孩子，不会因为耍点脾气，就思索起幸福的意义来了吧？怎么会为'怎样做，才能被人爱'这样一个问题而认真地苦恼呢？"

妈妈的脸抽搐了几下。桥本老师继续说：

"字化掉了，是明日香的泪痕浸的！明日香说，渴望妈妈爱她……还说，怎样做，才会被妈妈爱呢……"

语塞了，眼睛潮热起来，桥本老师摘下了眼镜。

"请您对明日香说'我爱你'。"

有那么一会儿，妈妈耷拉着脑袋，弹着涂了一层漂亮的指甲油的指甲。短促地叹了几口气之后，她沙哑着嗓子低声说道：

"我说不出口啊！明日香不行，我不爱这孩子。"

明日香那张忧郁的脸，又浮现出来了，桥本老师忍不住地叫出了声：

明日香. 生日快乐

　　"为什么？您不是她的妈妈吗？明日香只是渴望自己能被妈妈爱呀！为什么说不行呢？"

　　妈妈用手绢擦去泪水，不停地摇头。

　　窗边白色的窗帘飘荡着，一股清凉的风掠过梢头吹了进来。风儿抚摸着桥本老师那因为气愤而涨红了的脸。等心平静下来，桥本老师说：

　　"我的妹妹，也曾经陷入了与明日香同样的状态。中学生的时候，遭人欺负，一句话也讲不出来了。不过妹妹还有不一样的，就是她只是在学校里说不出话，但回到家里，还有一个拼命为她消解学校压力的母亲！"

　　桥本老师没有注意到，自己已经变成了责备妈妈的语气。不认输的妈妈在心里一遍一遍地说着：对不起了，谁让你有这么一个不能护着你的妈妈呢……

　　"整整花了四年的时间，妹妹才重新开口说话。直到今天，妹妹的心头还留着创伤，还不能接近人群。我愿意尽可能地提供帮助，趁着明日香心灵的创伤还不那么深，请想想办法！必须有母亲的支持，愈早愈好，请您和明日香一起接受学校生活指导员的指导。"

　　桥本老师苦苦相求，不知为何妈妈依然是一副冰冷的面孔。她低着头，用手绢捂住脸，瞧也不瞧桥本老师一眼。

妈妈从学校回到家里，坐在客厅的椅子上，陷入了长长的沉思之中。

"那口气，简直像是在说我丧失了当母亲的资格！我已经尽全力了，可还让我再接着努力！"

妈妈啜泣着，自言自语着。静悄悄的客厅里，响起了滴滴答答的细密的雨声。

——我喜欢直人。可明日香就是让我喜欢不起来，望着那孩子，我心里就发慌。

——心底里有什么东西吵成了一团！

——如同有一根针，一下接一下地扎在我的心里啊！

妈妈用尖尖的指尖，戳着自己的胸口。

"全是我的错吗？你一个没有孩子的年轻老师，懂得母亲的心情吗？"

她擤着鼻涕，要吐出来了似的说。

——就算是母女，还要看有没有缘分，让我去拥抱明日香……

明日香，生日快乐

——怎么说呢，我做不到啊！

妈妈用面巾擦了一把鼻子，呆呆地眺望着窗外被雨抹去的景色。

"肚子饿了，有什么吃的吗？"

不知什么时候直人进了屋，他打开冰箱，问道。

"还没准备好哪！被学校叫去了，刚刚回来。"

妈妈用面巾遮住发红的鼻子，说。

"又是明日香？那家伙这次又出了什么事？"

"这次啊……"

妈妈突然长长地叹了一口气。

"被人欺负了吧？像她那样的闷葫芦，天生就是被欺负的料！"

妈妈"啊"了一声，喘了口气，说：

"是这样哟！这次说是明日香发不出声音了。老师也太年轻了，根本就指导不好孩子们。"

妈妈那高亢的声音，明日香在走廊里就听到了。她就那么攥住客厅的门把手，整个人都僵硬在了那里。心，"忽悠——"一下沉了下来。

从此，明日香像是被一天不停的雨融化了，明明人在那里，却仿佛是一个根本就不存在的隐身人。

直人忍耐不住了。

越是觉得明日香消失了，越是要去关注她。正读着书、正看着电视，蓦地想起来了，就要看明日香一眼。即便是你嘲笑她一句什么，她也完全没有任何的反应。去戳她的头，也只是晃荡一下。明日香那失去了光泽的瞳仁，宛如一对玻璃球。直人害怕了，有什么东西正在把明日香彻底摧毁。

这一天，从中午开始，天像倒过来了的水桶一样，哗哗地下起了暴雨。雨大得，叫直人握住雨伞的那只手都哆嗦起来了。雨水灌进皮鞋里，走一步，就呱唧呱唧直响。直人心烦意乱地望着湿透了的脚，打开了家门。

明日香被淋成了一个落汤鸡，蹲在门口的地板上。水顺着她的长发淌下来，身边是一圈水洼。

明日香. 生日快乐

"你在干什么呀？你蹲在这里，不是妨碍别人吗？"

直人去摇她，明日香竟像瘫了一样倒了下去。直人急了：

"明日香！喂，醒醒！"

直人一边呼唤，一边想把明日香抱起来，却发现她的身子热得仿佛燃烧起来了一样。直人更急了，快要哭出声来了。他强撑着抱住明日香，不知该怎么办才好。

恰好在这个时候，门铃响了。

"我是樱花小学的桥本老师。"

"请进！门开着，不管你是谁，请快点进来吧！"

直人拖着哭腔叫道。

门开了，桥本老师的脸伸了进来。

"明日香！你怎么了？"

"好像是发高烧了，我该怎么办？"

桥本老师立刻开始行动，直人则按老师吩咐的去做。桥本老师先为被淋湿了的明日香擦干了身子，然后替她换上了一身衣服。明日香就像一个没有意识的人偶，瘫在那里，呼哧呼哧地直喘粗气。

"没事吧？"

直人一直跟在桥本老师的后面。面对一脸不安的直人，

明日香，生日快乐

桥本老师安慰他道：

"我已经跟校医井崎医生联系过了，他说马上就出诊，所以你不用担心。你是不是和你的妈妈、爸爸联系一下？"

直人点点头，朝客厅走去。与妈妈通电话时，井崎医生到了。

"这感冒可不容易好，体力衰弱得很厉害。"

井崎医生对等在走廊里的直人说。

"请告诉你妈妈，如果到了早上烧还不退，请与医院联系。"

井崎医生身后的护士添了一句。直人点头说："知道了。"

井崎医生走后不久，明日香终于发出了静静的鼾声，睡着了。

"多亏了您，要是我一个人，还真不知道如何是好呢。"

"来得也真是巧了，明日香让我放心不下。"

直人和桥本老师两颗悬着的心放下了，他们望着熟睡的明日香。替明日香用毛巾擦去前额上的汗珠，桥本老师说：

"和妈妈联系上了吗？"

直人羞愧地拿眼睛盯住了地面，白皙的脸都涨红了。

"刚才通过电话了。今天早上妈妈去名古屋了，爸爸一个人出差在那里，说好了今晚不回来。妈妈说明日香身体结实，用不着担心，睡一觉就好啦。"

直人把妈妈的这番话转述给桥本老师听时，自己的心里也觉得很难为情。

"真让人受不了！"

桥本老师苦笑着说道。

"是呀，真是个让人受不了的妈妈！"

明日香那平静下来的鼾声，让直人放下心来，露出了一张笑脸。

"那么，只有依靠哥哥来照顾明日香了。"

桥本老师对着直人那张大人样儿的侧脸，说。

"明日香的内心相当苦恼。如果没人帮助，这样下去，说不定一颗心就会闭锁起来。就是为了想和你妈妈再谈一次，我才不请自来的。看来也是没用。那么，只好拜托你这位哥哥了。"

桥本老师故意用一种诙谐明快的声音说道。直人内心掀起了波涛，他第一次感受到了明日香的痛楚。

"谁也不信任她，她的心就会闭锁起来，所以她才会拼死发出求救的信号。如果谁也接收不到，那信号不久也就会中断了。那样的话，她这一生就谁也不会信任了，把自己的心

23

都扼死了。"

"明日香会变成那个样子吗？"

"照这个样子下去，极有可能。所以，我才希望你能够成为明日香的力量。"

直人似乎清醒过来了，他被桥本老师的一片真心感动了。

这天晚上，直人彻夜难眠。惦记着明日香，不知起来去看了几次。天亮时过去一看，明日香一下子睁开了大眼睛。

"肚子饿了吧？桥本老师给你熬了稀粥，喝一点吗？"

明日香的脸微微动了一下，看上去像是在点头。直人急急忙忙地把稀粥热了一遍，捧到了明日香的枕头边上。他笨拙地用匙，把稀粥送到了明日香的小小的嘴里。当稀粥流到喉咙里时，明日香的眼睛眯成了一条细缝，一口喝了下去。直人默默不语，只是用匙一口接一口地喂着。

"什么？你说什么？"

直人觉得明日香的嘴唇似乎蠕动了一下。声音像是变成了话，流了出来。一边盯住了明日香的嘴唇，直人一边竖起了耳朵。

"明日香，你是说'没生出来就好了'吗？"

明日香默默地点了点头。

直人差一点掉下泪来，连忙抓过毛巾擦掉。一阵阵巨大的悔恨之波向他袭来，说这话时，他不过是想嘲笑她一番而已。现在，他才体会到这句话的分量有多重！

"对不起。"

直人带着深深的反省，向明日香道歉道。

妈妈还是彻底地忽视明日香的存在，彻底地回避有关明日香的话题。

"让明日香就这样下去，好吗？"

直人尽量用漫不经心的口吻，冲妈妈问道。

妈妈撇了撇嘴，一脸的不快：

"直人啊，你少管闲事好不好？"

妈妈俯下身子，掏出一根香烟来。

"马上就要考试了吧？要努力啊！老师不是说过了吗，不是每一个人都能免试升级的。你没有时间去想别的事吧？"

妈妈点燃了叼着的香烟，噗地吐出一口烟来。

直人是私立名门光进学院初中三年级的学生。正如妈妈所说，这样下去并不一定就能直升高中。不是那么容易就能保住自己的那个位置的，外县也有人参加考试，是一场相当残酷的竞争游戏啊！

"直人，你是爸爸和妈妈的期望之星啊！我们在你身上寄予了厚望。"

妈妈浮起了微笑。

直人的心底，嘎嚓一声响起了火被点着了的声音，是愤怒的火焰。

"你说明日香的事是闲事，是别的事？"

"是的，与你直人没有关系。爸爸也好，妈妈也好，对那孩子都已经死心了。"

"怎么这么说，你还是母亲吗？"

直人把拳头砸在了桌子上，吼叫起来。

妈妈目瞪口呆地望着直人。直人这还是头一次反抗妈妈。桌子摇晃着，直人的心里焦虑万分。

"我们不是藤原裕治和静代夫妇的宠物！你们要期待就期待，要死心就死心，孩子们忍受不了！"

妈妈眼里噙满了泪水，从椅子上站了起来。她没对直人说一个字，就朝自己的房间走去，使劲儿关上了门。

"你还算是大人吗？真叫人不能相信。"

没地方发火，直人踢了椅子一脚。

受九州登陆的强台风的余波影响，外面刮起了暴风骤雨。

——吹吧，吹得再猛烈些吧，把这世界吹个稀巴烂吧！

正如直人所想的那样，风打在窗上的声音更强了。

第二天，直人从私塾下课回到家，已经是夜里 10 点多了。明日香一个人在客厅里看电视。妈妈还没有回来。桌子上，搁着吃完了的方便面的盒子。

"你就吃这个，行吗？"

没有回答。直人咂了咂嘴，把空盒子扔进垃圾箱里，他坐到了明日香的面前。他关掉了电视，目不转睛地盯住明日香。

"明日香，你就这样下去，可不行啊！

"喂，你听好了，俄罗斯有这样一句谚语，叫'不哭的孩子没有奶喝'。

"你明白我的意思，对不对？自己不表达自己的意思，早晚有一天会死掉。明日香，你不可能总是藏在洞穴里不出来吧！"

直人已经想了许久，一双眼睛严肃地望着明日香。

"你去宇都宫吧！你去外公外婆那里，让心放松一下吧！好吗？别指望妈妈了。借助外公的力量，把自己找回来吧！靠自己的一双脚，站起来吧！"

明日香的眼里闪过一丝微弱的光。直人用力地点了一下头：

"我去说服妈妈。如果她说不行，哥哥带你走。"

直人第一次对只知道伤害自己，却不知道如何保护自己心灵的软弱无力的妹妹，产生了一种怜爱的感觉。作为哥哥，他要保护她。

——哭出来吧，明日香……

——放声大喊吧……

——明日香，把你想的全说出来吧……

——哥哥会理解你的……

合欢树

"明日香，长这么大了哟！"

外公到宇都宫站新干线的站台上来接明日香了。消瘦的外公被太阳晒得通红，一脸笑容。

明日香一言不语，忽地低下了头。

"一个人，不要紧吧？好了不起啊！"

外公的大手，摸着明日香的头。

——外公，不论什么时候，明日香都是一个人呀。

两个小时前，妈妈的话针一样地向明日香刺来。

妈妈送她到东京站。

明日香. 生日快乐

明日香与妈妈并排坐在候车室长椅上，妈妈对着她的耳朵说：

"知道吗？事情闹成这样，都是你的错啊。好好想一想你自己吧，不上学，也要好好学习。你要乖乖地听外公外婆的话，我可讨厌他们事后说我没教育好你！"

明日香的表情没有丝毫变化。

妈妈在明日香的手上，"啪"地打了一下。

"听到没有？'嗯'一声或是'啊'一声啊！不要再闹下去了。"

怕人听到，妈妈把声音压得低低的，还出其不意地在明日香的手背上拧了一把。

明日香痛得眼泪都出来了。

妈妈扭过脸去。一直到明日香坐上新干线，妈妈都始终皱紧了眉头，再也没有露过笑脸。

见明日香一副神情恍惚的样子，外公弯下身子，端详起明日香的脸来。一脸笑容的外公，从明日香的眼睛里捕捉到了一种恐惧。

"你来了让我们有多高兴啊。听说明日香要来，外婆从一大早就开始忙起来了，做好了菜，等着你的到来哪！"

外公温柔地说。一股从未有过的暖流传遍了明日香的全身。

外公的家，离宇都宫的街区稍有一段距离，是一个僻静的地方。

坐在外公驾驶的车子上，明日香望着一闪而过的窗外。明日香还是3岁时来过一次宇都宫，不可能留下什么记忆了，但奇怪的是，她却嗅到了一股让她觉得怀念的气息。

穿过市中心，一排排的房子渐渐少了，田多了起来。

与明日香住的密密匝匝的横滨的街道相比，这里的风景大不一样。畅快得让人恨不得把手脚伸向空中，明日香觉得，连呼吸都变得快乐无比了。

"明日香，一个人坐新干线是头一次吧？不害怕吗？"

外公说。明日香的目光，从窗外移到了外公的侧脸上。外公注视着车的前方，继续说道：

"直人打来过电话了，说请我们好好照顾明日香。有段时间没见了，想不到变得这么能干了。"

明日香又望向了窗外，是一片绿浪起伏的田的海洋。随

明日香，生日快乐

风摆动的稻穗，在阳光的照耀下闪闪发光。

"明日香，让身体，还有心灵都放松一点吧！"

外公的话，在身后慢慢地扩散开来。明日香因为觉得并不用急着回答什么，就在心底里舒了一口气。

窗外的景色都让明日香看入迷了，车开了有多久，她都不知道了。田野一片接着一片，当房子一点点多起来的时候，车停了下来。

"啊，到了！这就是明日香的妈妈出生、长大的家。"

外公冲明日香温柔地笑着。明日香睁大了眼睛。现在，这幢被树木环抱的又老又大的房子里，只住着外公外婆两个人。这是幢充满了妈妈小时候的回忆的房子。明日香的心底又一阵阵痛楚起来。

明日香低着脑袋，走在外公后面，一股甜甜的香味扑鼻而来。

棉絮般的花瓣，飘啊飘啊，落在了明日香的肩膀头上。仰脸一看，淡红色的花开了一树。

怎么会这么美丽……从明日香的唇瓣里，发出了一声感叹的气息。

"合欢树哟！一到了夜里，叶子就会闭起来睡觉。当我还

明日香，生日快乐

是个孩子的时候，禁不住想看看叶子闭上、张开的那一瞬间，一大早就会守在树下面。"

外公无比怀念地说。

"摔伤了，只要把它的树皮贴在上面，还能当药用。过去常常摔得青一块、紫一块的，可没少得到它的照顾。"

仰望着合欢树，外公"哈哈哈"地笑了起来。明日香仿佛在树枝上看到了外公小时候的身影，慌忙揉了揉眼睛。

起风了，合欢树摇曳起来。

淡红色的花瓣，乘着风，轻轻地飞舞起来，撒落在明日香的肩上、头上。明日香俯下身，捡起落在脚边的花瓣。然后从兜里摸出面巾，小心翼翼地把它包好，放到包里。

明日香的整个身心，似乎都被合欢树吸引过去了。

外公始终笑眯眯地望着她。

"明日香，呀，长大了，呀！"

外婆从屋里奔了出来。

外婆伸出两只手，搂住了明日香那张恍若梦中的脸。她闻到了一股葱的味道。外婆那张脸上，充满了笑容。

"明日香，你来真是让我们太高兴了。"

明日香被外婆紧紧地抱住了。有那么一刹那，因为紧张，

34

明日香的身体一下子僵硬起来了，这当然逃脱不了外公外婆的眼睛。明日香还不习惯被人拥抱。

"明日香，累了吧？进屋休息休息吧！"

外公在明日香的后背上拍了一下。明日香气都快要透不过来了，从外婆的怀里出来，她长长地喘了一口气。

外公与外婆互相对视了一眼，悲哀地皱紧了眉头。

外公家后面，有一片好大的田，种满了蔬菜、花、水果和树。

"这是桃树，栽下去，已经有 44 年了。每年都会结出一树又甜又香的桃子。就是明日香姨妈出生的那一年种的啊！"

外公一边摸着桃树，一边小声地嘟哝道："是呀，春野已经 44 岁啦。"外公似乎忘记了明日香还在身边，就那么长久地仰望着桃树。这时，明日香发现了几个看上去很香甜的果实。

终于，外公脸上涌起了一股寂寞的笑容。

"春野姨妈一直卧床不起，16 岁那年，离开了人世。"

明日香吃了一惊，望向外公的脸。她一点也不知道，妈

明日香.生日快乐

妈有一个名叫春野的姐姐。妈妈厌恶桃子,只要看一眼就会皱紧眉头。连爸爸和哥哥都觉得不可思议,为什么会不喜欢这么好吃的东西呢?明日香想,或许是触景生情,有太多悲伤的回忆吧!

站在明日香前面的外公,又走了起来。柿子树,无花果树,苹果树……外公把手搁在腰上,挺直了身子,抬头望着绿色的树木。明日香也学着他的样子,把手搁在腰上,挺直了身子,朝外公望的方向望去。

她听到了小鸟叽叽喳喳的叫声,还听到了风儿掠过枝头的声音。夏日的阳光渐渐弱了下去。大自然的河流里,时间正在慢慢地流逝。

"这是梨树,是直人出生那年栽的,已经14岁了吧?终于开始结果了。"

外公一边摸着树干,一边仰望着梨树。绿叶晃动着,几个小小的白色的果实探出了脸来。

哥哥多让人羡慕啊,明日香想。大家都记得哥哥的生日。这么一想,她有点嫉妒起哥哥来了。咚咚咚,明日香拿脚尖踢起树根来。

外公冲她招招手,过来!明日香走过去,外公把手搁在明日香的肩头上。两人一起抬头仰望着面前这棵树，这是一棵浓绿的树，橙黄色的果实闪烁放光。

"这是杏树，是明日香出生那年栽的。杏树，照过去的说法可是代表美丽的树哟！还能入药，还能制成好吃的果酱。尽管才刚刚11岁，却都结果了。"

外公伸长了胳膊，摘下一个熟透了的杏子，放到了明日香的手上。光润可爱的杏子，在明日香的手上滴溜溜地转着。

明日香的心又剧烈地抖动起来。

——记住了明日香的生日啊！

——谢谢您，外公。

明日香高兴得真想扑进外公的怀抱。

把根深深地扎进大地，结一树累累果实，明日香有了一棵树。

明日香模仿着外公的样子，摸起树干来。她把脸贴了上去，招呼道：

——喂，喂，你好吗？

——初次见面，我叫明日香。

明日香的头顶响起了树叶沙沙抖动的声音，是风吹过的声音。

明日香，生日快乐

　　外公和外婆早上起得特别早。只要天不下雨，每天早上就去田里。

　　"早上好。开得好漂亮呀！"

　　"嗬，多好看的颜色啊！"

　　他们招呼着蔬菜和花。拔拔草，干点必须干的活。

　　明日香也早早起来了。她拎着一个竹篮子，紧紧地跟在外公后面，一步不落。光脚穿着凉鞋，走在田垄上，被朝露打得净湿。一边走，明日香一边深深地呼吸。早上清澄的空气，仿佛给了明日香敞开心扉的勇气。

　　刚刚摘下来、用来做早饭的豆角儿，碧绿碧绿的，明日香闻到了一股绿色的味道。

　　"明日香，来，张开嘴巴！"

　　外婆把一颗鲜红鲜红、熟透了的木莓，扔进了明日香那张开的小嘴里。

　　"味道怎么样？好吃吗？等一下，我们一起来做木莓酱吧！"

　　明日香闭上了眼睛，回味着木莓的那股子甜味。香甜的木莓，深深地渗到了心里。

"啊呀!"

从外公手里接过来的卷心菜的叶子上,一条菜青虫忽地一下直起了身子。明日香吓坏了,把卷心菜和竹篮子都扔了出去。

外公笑起来。他把那颗卷心菜捡了起来,用那只大手捉住菜青虫,把它放到了一颗新的卷心菜的内叶里。

外公蹲下来,看着那条菜青虫。明日香也在外公身边蹲下了。

被放回到卷心菜内叶里的菜青虫,晃着触角,又旁若无人地吃起了卷心菜。

看着看着,明日香忽然觉得菜青虫也怪可爱的。

明日香来到宇都宫三个星期了。妈妈没有电话,也没有信。趁妈妈不在,直人来过电话。桥本老师的信,也是直人转过来的。

"桥本老师说,不用担心学校的事,让你好好休养。啊啊,我也想来呀。多开心呀,多开心呀,明日香多开心呀。"

明日香被直人逗乐了。不用在电话里回答直人什么,对

明日香. 生日快乐

明日香来说，真要好好谢谢他了。

"不好，妈妈回来了！那么再见，明日香。"

电话的最后，传来了妈妈"直人，我回来了"的响亮的声音。许久没有听到妈妈的声音了，它在明日香的耳边回响着，长久不散。

那天夜里，明日香做了一个梦。

横滨。明日香的家——

公寓的七楼，明日香还是一个年幼的孩子，正哭着找妈妈。她似乎听到了妈妈的笑声，把房门打开了。房子里是一个深不见底的深渊。脚一踩上去，明日香整个人就被黑暗的洞穴吸了进去。她手脚挥舞着，拼命想抓住什么东西。摸到了什么，是妈妈的手。

"救命！妈妈！"

妈妈却把想要抓住她的明日香的手，一把推开了！明日香的尖叫声，妈妈的笑声。明日香向着黑暗的洞底坠去。妈妈站在洞边上，俯视着明日香说：

"拜拜，明日香。没生你就好了！"

明日香在噩梦中哭泣起来。

外公外婆听到明日香的哭声，吃了一惊，爬了起来。外公握住明日香的手，用毛巾擦去明日香的眼泪。

"明日香，醒一醒！"

外婆抱住明日香，一边摇晃她的身子，一边拍打她的脸。从梦中醒是醒过来了，可明日香还是在外婆的臂弯里躺了很久，嘤嘤啜泣着。

似乎淤积在心底的东西，一下子喷发出来了！

外公把热乎乎的牛奶端来了。明日香像是又回到了婴儿时代，就那么让外婆抱着，喝完了牛奶。加了蜂蜜的牛奶，甭提有多么好喝了。孤独与悲痛的感觉都消失了，明日香觉得，自己仿佛喝下的是不可思议的魔水。

"明日香，你好好望着外公的眼睛，听好了——"

外公把每一个字都说得很用力。明日香那小小的手，被握在了外公那又硬又大的手里。

"安下心来，只要能保护你，让外公做什么都行啊。撒撒娇吧，你在外公面前撒撒娇，外公也高兴啊！"

明日香的目光与外公的目光对视到了一起，明日香觉出了一股暖意。

一直轻轻地抚摸着明日香头发的外婆说话了：

"明日香，外婆最喜欢明日香啦！"

明日香. 生日快乐

——桥本老师，幸福，是一种心情非常非常好的感觉啊！

——明日香呀，现在觉出幸福了。

——明日香也找到爱啦。

——外公和外婆十分珍爱我啊！

外公在后院的池塘边上，养了蜜蜂。并排放着两个四四方方的箱子，蜜蜂嗡嗡地叫着，出出进进。明日香害怕了，要是被它们蜇了一下可怎么办？所以一听到蜜蜂的嗡嗡声，她不是缩头，就是用手捂住脸。外公见了，稍稍板起了面孔。

"你知道'一寸虫五分魂'这句谚语吗？"

因为明日香把头摇得太厉害了，头上戴的那顶草帽都飘落了下来。外公弯下腰，捡起草帽，戴到了明日香那长长软软的头发上。就那么面对着明日香，外公说：

"不论多么弱小的生命，也是有志气的，你不能像傻瓜一样对待它们。它说的就是这么一回事……"

明日香的眼睛张得大大的。明日香的悲伤和外公的话撞到了一起，胸口"咚"地响了一下。

"外公想告诉你，活在这个世界上的生命，都是拥有一颗珍贵的心一样的伙伴！我觉得虫子也有一颗心，你这样想，再去看它时不是觉得更快乐吗？拥有了数不清的朋友，一颗心灵才会变得更丰富。"

外公用挂在脖子上的天蓝色的毛巾，擦了一把脸上的汗，又说：

"说不定，草呀、花呀以及虫呀，一直在观察着我们人哪。说不定一眼就能看穿谁是自己的敌人，谁是自己的朋友。与大自然朝夕相处，就会明白这个道理了。"

外公和明日香并肩坐在了树桩子做成的椅子上。

"蜜蜂是一种聪明的昆虫，非常明白这些。看见明日香那副慌里慌张的样子，就会起戒心，以为遭到了攻击，就进行反攻。觉得害怕时，应该先静静地观察对方，首先要信任对方。"

冲着明日香微笑的外公的额头上，停了一只蜜蜂。明日香的心怦怦直跳。外公纹丝不动，蜜蜂很快就飞走了。

"偶尔也被蜇过。不过，那也是一种非常好的体验。你懂吗，明日香？仅仅是从自己这边去看问题，往往会看不见事情的真相。要信任对方，宽容，也是对自己的一种珍重。"

明日香，生日快乐

　　明日香面露困色，思索着外公所说的话。明日香有一个习惯，皱紧眉头，小鼻子一翘一翘的。外公望着明日香那张脸，愉快地笑了。

　　"哈哈哈，对明日香来说，这些可能有点复杂了吧？没事，慢慢想一想，有的是时间啊。"

　　说着，他"啪啪"地拍了拍明日香的肩膀，往菜园走去。

　　明日香走到望得见蜂箱的地方，怕惊动了身边的空气似的，静静地蹲了下来。她在心里对蜜蜂说：蜜蜂，我信任你。我是你的朋友。所以，千万别蜇我，我怕疼……

　　一边说，一边闭上了眼睛。心，倏地一下静了下来，心中那一阵阵恐惧的、不安的浪潮，渐渐地缓和了，平息了。现在，明日香的心里只剩下了蜜蜂那温和的振翅声。

　　到今天为止，明日香想过去信任谁吗？

　　有过像这样让心空空的，把心寄放在谁那里的事吗？

　　我一点都不信任妈妈，明日香想。总是怕自己受到伤害，慌里慌张地闭上心扉。一次也没站在妈妈的立场上，想过问题。

　　明日香那空了的心，如同沸水一样，情感噗噗地复苏过来了。泪如泉涌，根本就不知道为了什么，明日香就放声哭了起来。

一个稍远的地方，外公默默不语地望着明日香抽动着小小的双肩。

明日香的悲伤，被风捎到了外公的心里。

"用不着憋在心里，放声大哭一场吧……"

外公喃喃自语，用天蓝色的毛巾捂住了眼睛。

快递

"明日香还是发不出声音。不过，已经稳定多了。"

外婆一边往茶碗里倒茶，一边说。外公从正在读着的报纸上探出头来，望向外婆。

"不是急的事情。"

外公叠起报纸，又换了一副眼镜，把手伸向倒了热茶的茶碗。

"我说老太婆，你别老是想着治好明日香的病。我们要好好守护着她，一直要守护到淤积在明日香小小胸口的痛苦消失得一干二净为止。好就好在，我们也好，明日香也好，有的是时间。"

外公说完，香香地喝了一口茶水。

从大开的窗子里，金桂的花香一拥而进。

外婆把丢在一边的明日香的草帽拿了过来。夏天的味道，还残留在上面。

“我是个老太婆了，没剩下多少日子了，所以才着急。我盼着能早一点听到明日香的声音。老头子，你看你多好啊，那么年轻，有的是时间！”

被外公喊成了“老太婆”，这多少让外婆有点不快。外公笑着说：

“说没剩下多少日子了，就着急了也好，还是说有的是时间，慢慢来也好，都是无法改变时间的长度的。既然如此，那就抱着一种轻松的心情来做不是很好吗，小姐？”

外婆噘着嘴笑了。

“说的也是。和明日香一起过一个快乐的秋天吧。”

外婆香香地喝起了茶。茶的暖意，融入了这个让人身心愉快的季节。

明日香爬上梨树，望向天空。

呆呆地看天，明日香不禁产生了一种自己浮在了空中的感觉。和云彩一起，在天上流淌似的，心情别提有多舒坦了。

心，怎么这么恬静啊？

外婆的花田里，红的、白的胡枝子花开了一片。而曾经装扮过五彩缤纷的夏天的大丽花、向日葵，都已隐去身姿不见了。

而在大都市的横滨，告诉明日香季节变化的，是商店里的陈列品。橱窗里的衣服和小东西，总是追赶着季节。

外婆的田里，有谁会告诉我季节呢？

踩着四季变化的节拍，花开，又花落。可教给花呀果实这个顺序的，又是谁的差使呢？

是风在传递信息吧？风是从什么地方吹过来的呢？

"知道吗？明日香，时间与风一样，总是流动的啊！"

明日香伸长了手臂，让指尖触及着风，又想起了外公说过的话。

"不论什么样痛苦的事情、悲伤的事情，总有一天会流走的。时间是留不住的，走了就不会再来。"

明日香那紧闭的心扉，被风一吹，有点松动了。

那天午后——

妈妈快递寄来一个纸箱，里面是塞得满满的替换衣服和参考书。

"塞了这么多多余的东西。"

外公一边帮明日香打开那个快递纸箱，一边说。

"来这里是来静养的，却送来了这么多用不着的东西。"

外公像是有些失望似的，垂下了肩。

"静代要是装点更重要的东西就好了。为什么，你就不明白明日香最最期待的是什么呢？有这样一个不周全的妈妈，真是苦了明日香。"

明日香圆溜溜的大眼睛睁得是不能再大了，望向外公。

——妈妈不周全？

——妈妈也会犯错误？

外公的话，在明日香的身边回荡着，绷得紧紧的心松开了。

妈妈曾经是支配明日香的伟大的国王啊！

一想到要照妈妈说的那样飞奔，明日香就会紧张得不行，反而动弹不了了。直人则不费吹灰之力，就能飞快地跑起来。明日香奔不起来，就站在那里，妈妈的话像鞭子一样毫不留情地抽打下来。

被妈妈责骂时，明日香觉得自己仿佛是消失掉了，觉得自己的存在成了一个"零"。是与妈妈同化，还是逃跑，除了

明日香，生日快乐

这两条路之外就没有别的路了吗？明日香想。

连那么聪明的直人，在妈妈面前也是显得那么无力。明日香曾经以为，妈妈所说的话，全部都是正确的。

妈妈也会犯错误……真是叫人不敢相信。

"明日香，多开心啊，等到了妈妈的来信！"

抱着洗干净的衣服，外婆走进屋来。

"没有信。除了参考书、课本和笔记本，就只有替换的衣服了。"

外公有点生气似的说。

"唉，怎么这么冷冰冰的，难道说就不担心吗？"

外婆一屁股坐在了明日香的面前，一边麻利地叠衣服，一边像是在想什么。

外公"呵嗨"一声，站了起来。

"静代啊，你可犯了一个不可饶恕的错误啊！"

外公一个人嘟哝道。外婆点了点头，跟在外公后面出去了。

屋子里只剩下明日香一个人了，她把参考书重新装回到纸箱里。

明日香最期待的东西是——

听到邮递员的摩托车声响起来时，明日香立刻就奔了出去。那个样子，无论什么人见了，都会看出来她是在盼望着妈妈的来信。不过，明日香却觉得好奇怪，外公和外婆怎么会猜透自己的一颗心呢？

与妈妈沟通不了的一颗心，为什么能与外公和外婆沟通呢？明日香歪着脖子陷入了沉思。

对明日香来说，因为外公外婆对自己的理解所产生的喜悦，远比快递箱子里没有妈妈的信所带来的冲击要大。

明日香的胸中顿时充满了快乐。

从厨房里，飘过来一阵咖喱的味道。用面粉和咖喱粉搅和到一起制成的外婆的咖喱，是明日香最喜欢吃的东西啦。

明日香急忙把装着参考书的纸箱封好，捧着咕咕叫的肚子，跑进厨房。

明日香跑过走廊，她身后，风铃孤寂地响了起来。夏天已然结束了。

"这是春野姨妈。嗬哟，明日香长得多像姨妈啊！"

外婆和明日香弯着腰，在廊下向阳的地方看着照相簿。一个刘海剪成齐刷刷一条直线、圆溜溜的眼睛闪闪发光的女

明日香，生日快乐

孩子，从照片里面目不转睛地瞧着明日香。

"春野生下来就有先天性心脏病，一直卧床不起。发病时，她那痛苦的样子，叫你都不忍心看下去。最叫我痛苦不堪的，还是自己什么也帮不了她。"

外婆泪水盈眶。

"我和你外公一起，拼死守护着春野。可惜的是，她什么快乐也没有体会到，才 16 岁，就去了另外一个世界。丢下的人，心里难受啊。外婆想过，还不如我死了。"

外婆说到这里，从膝上抓起毛巾擦去眼泪。

"那些日子，我整天哭啊哭啊，泪水就是止不住。"

外婆把目光投向一个十分遥远的地方。

明日香的目光又一次落到照相簿上。春野那直直的眉毛、圆溜溜的眼睛，与明日香的一模一样。见到了春野，一种发现了重要东西的喜悦与亲切，让明日香的浑身都热了起来。

明日香不是一个人。

春野姨妈、妈妈、外公外婆以及曾外公曾外婆，就活在明日香的身体里面。明日香被连在了这条长长的生命线上。明日香感觉到了体内奔涌的热血。

春野在照片中笑容满面。

"明日香！"

蓦地，明日香好像听到了春野的呼唤声，她抬起头，目光与盯着她看的外婆碰到了一起。

"去好好地寻找快乐吧，把春野的一份也带上……"

外婆捧着明日香的脸蛋儿说。外婆又一次泪流满面了。

起风了，风掀开了照相簿。从被哗啦啦掀开的一页页照片中，妈妈小时候一张阴沉的脸露了出来。

明日香到外公家已经四个月了。

"不觉得无聊吧？"

外婆问坐在田野正当中的明日香——她常常是爬到树上，一待几个小时都不下来。就那么傻待着，让时间流逝过去。外婆都快要失去信心了。

"不，明日香忙得很哪！心里缺少的东西太多了，就像阳光下的田，明日香的心灵干渴着哪！"

外公把眼睛眯成了一条缝，说道。

"心灵干渴了，人就活不下去了。心啊，还是填得满满的为好。不这样，万一发生了什么，就撑不住，到后来就会变成一个内心脆弱的人。"

外婆一面理着乱了的头发，一边点头称是。

"说不定，明日香听得见树和风的声音哪！"

"是啊，她正用心声与大自然在认真地对话吧！"

外公和外婆就这样微笑着，照看着明日香。

走到水塘边的一块平地，明日香跪下了，她把耳朵紧紧地贴在了黑黑的土地上。

"呀，你会弄脏了哟！"

见外婆皱起了眉，外公沉下脸瞪了她一眼。

外公让面孔和缓下来，走到了明日香的边上。与明日香一样，也弯下膝，把耳朵贴到了地面上。

什么也不说，外公与明日香的心合到了一起，聆听着大地的声音。从地心深处，传来了"咚、咚"的声音。

两个人的头顶上，响起了振翅声，有花虻飞过。

"明日香，你是在寻找生命吗？草呀、树呀、泥土的生命？"

在洗脸池里洗脸上的泥土时，外公说。明日香用足力气点了一下头，笑了。这是她的第一张笑脸。

明日香这张意想不到的笑脸，让外公的胸一下子变得满满的了。

明日香.生日快乐

　　吃完晚饭，明日香又钻进那间妈妈一直住到 18 岁的房子里，读起书来。这成了她每天必做的功课了。

　　带玻璃门的结实的书橱里，塞满了书。

　　"春野是个喜欢看书的孩子。外公当高中老师那会儿，常常给她买书。春野只能活在书里啊！"

　　外婆把明日香领进这间房间时，这样说道。

　　一本名叫《幸福的波莉安娜》的书，带着明日香开始了书的旅程。

　　书之旅,让明日香废寝忘食。一次又一次地做着幸福之旅、悲伤之旅，哭泣，欢笑，愤怒。被感情的波浪冲击着，明日香的心渐渐地复苏了。

　　妈妈封闭了明日香的感情。不是"我讨厌动不动就哭鼻子的孩子"，上脸上拧一把；就是白她一眼，"看你笑得多粗野呀"，不允许明日香的心泛起波浪。

　　可是自从到了外公家，她开始相信，不论心中涌起的波浪有多么大，外公和外婆的大海都能承受得了。

　　读完的书，正想放回到书橱里，明日香发现了一个小小的笔记本。用手揩去上面的灰尘，明日香翻开了笔记本。

> 我讨厌妈妈！！我更讨厌姐姐。妈妈的眼睛里，只有姐姐，早就把我忘到一边去了。娇气十足的春野，快点死掉吧。

明日香吓得心都快要飞出来了。不可以看！她连忙合上了笔记本。

尽管合上了，可明日香的心还是怦怦地跳个不停。

潦草的字，激烈的句子……是妈妈写的？

明日香心跳个不停，又一次把笔记本拿了起来。笔记本的封底上，模模糊糊地写着"堀静代"几个字。没有错，果然是妈妈的笔记本。明日香用手捂住了胸口，闭上了眼睛。等心平静下来，一狠心打开了笔记本。

> 今天开运动会。我是接力赛的选手，可妈妈却没来看比赛。姐姐昨天病情恶化，被送进医院了，没有回来。姐姐总是在我最重要的日子里，把妈妈从我身边夺走。
> 为什么，妈妈眼睛里只有姐姐？就算是与我说话，也是心不在焉。我说的话，根本就一点也没有听进去。还能让我再依赖她吗？
> 妈妈总是说，静代有个健康的身体，多好啊！春野好可怜呀，不能像你那样地跑，也不能上学，说着说着

就哭了起来。我虽然有一个健康的身体，却没有一颗健康的心！我甚至想，如果能独占妈妈，病魔缠身也会很幸福吧？

妈妈大傻瓜。我也有需要别人呵护的时候啊，妈妈，我发烧啦！我难受啊！至少是今天，在我身边待一会儿啊。妈妈全部的爱，都给了姐姐。我太伤心了。

明日香愈读心愈是疼，泪流满面。妈妈的悲伤与明日香的悲伤纠合在一起，涌了上来。

原本高大的妈妈，像泄了气的气球一样瘪了下去。一边哭，明日香觉得心头的重压似乎减少了许多。

明日香打开了窗户，让清冷的风吹拂着脸蛋儿。晴朗的夜空上，星光灿烂。

南面划过一颗流星。

明日香双手合十，许了个愿，愿流星给妈妈带来幸福。

启程

四周的群山染上了一片秋色。

一早一晚吹起了凛冽的风，田里落了一层初霜。

明日香用一把竹扫帚，扫着院子里的落叶。正在洗衣服的外婆，从厨房那扇为了透气，而稍稍开了一道缝的窗户里，瞥见了明日香，连忙把手停了下来，呆呆地用目光追着明日香，又想起了她妈妈打来的电话。大约 30 分钟之前与明日香妈妈的对话，让外婆的心情晦暗了许多。

"我回来了。"

背后传来了外公的声音，一大清早就出门的外公回来了。外婆回过头来，眼里还噙着泪水。

"怎么啦？出了什么事？"

明日香，生日快乐

外公急急地问，他越过外婆的肩头，寻找着明日香的身影。他看见明日香一副惬意的样子，竹扫帚依在身边。

"刚才，静代来过电话了。说是下个月初要搬家，新家虽然还是同样在横滨市，但明日香却必须要换一所学校了。"

"下个月？不是太急了一点吗？"

"说是找了好久了，总算是找到了合意的公寓。这倒也没什么，可……"

话止住不说了，外婆咽了口唾沫。

"说明天就让明日香回去。如果不早点转学，出了拒绝上学那样的事可就难看了。"

听了外婆这番话，外公拧紧了眉头，嘴弯成了一个倒"V"字状。没有比这再难看的脸色了。

"我说了，明日香还需要一些时间，现在还不能回去。可她却说，她不应该把明日香交给妈妈，是个失败，应该带明日香去看专科医院。我不想再说了……"

说到最后，已经是泣不成声了。外婆拎起围裙揩去眼泪。外公闭着眼睛，抱住胳膊陷入了沉思。

"我去给静代打电话。"

气呼呼地说了一句，外公朝有电话的起居室走去。外婆吭哧吭哧地擤着鼻子，又接着洗起没洗完的衣服来了。是想借着水的那股子冲力和凉意，忘掉心中的不快。

打扫完厨房，外婆急忙走进起居室。外公已经打完电话了，仍旧抱着胳膊站在那里，瞅着半空。

"我说至少也要等到四月新学期开始啊，她勉勉强强同意了。"

一脸不快的外公说：

"静代一点都不考虑明日香的心情，裕也这个人又特要面子。他们把明日香当成什么了！"

外公气得青筋暴跳。多了四个月的时间，外婆稍稍松了一口气。

"前些日子，我和直人通过一次电话。"

一边做泡茶的准备，外婆一边说。

"直人竟说，是妈妈夺走了明日香的声音！这可太叫我担心了。"

"静代不是说，明日香的压力，是因为受到了别人的欺负吗？"

外公又火冒三丈了，厉声说。

"是啊。不过，静代是一个非常要强的孩子，她是不会说

61

出真相的。把明日香送到这里来，据说还是因为直人好说歹说才答应的。"

外婆一脸愁容。深深地叹了一口气之后，外公来了精神，朗声说道：

"以后的事情，以后再考虑吧！电话里说的事，还是先不要对明日香说的好。"

"好了。"外公吆喝了一声，站起来，推开窗户，把身子探了出去，找起明日香来了。他看到了，明日香正在田里采着那些迟开的小菊花。外公仿佛看见了她那张挂着恬静微笑的脸。

外公的田，毫不在意地接受着风带来的季节的变化。激烈的风雨也罢，残酷的日照也罢，大地全部接受下来，再变成自己丰富的养分。

坐在桃树的一根粗枝上，明日香想着各种各样的事情。

为什么会开花呢？作物为什么会结果呢？开了花，结了果之后，为什么又会腐烂呢？

外婆想到了明日香最喜欢的大波斯菊。

"要是全都开了，会有多漂亮啊！真想让明日香看一看啊！"

外婆这样说着，忙起田里的活儿来。夏天快要接近尾声的时候，是大波斯菊开得最漂亮的时候。

眯起了眼的外婆，兴奋了没多久。第二天的一场暴风雨，把大波斯菊全都打趴在地上了。明日香不知道该怎样来安慰外婆好了，只是紧紧地揪住外婆的后背不放。

"虽说漂亮的花只开了一天，但这也就足够了啊！"

见明日香都快要哭出来了，外婆笑了。

"今年的大波斯菊，开得格外漂亮呀，明日香。开得长或短无所谓，只要知道了精心照料它们的外婆的心情，尽全力开过一次就行啦！大波斯菊和外婆就都十分满足了。"

在暴风雨过后的明朗蓝天下，是外婆一张发自内心的笑脸。

外公说这是大自然的恩惠。

恩惠的雨，恩惠的太阳，蚯蚓为大地的恩惠而欢喜。外公田里所有的生命，都是大自然的恩惠。昆虫、动物和植物形成了一个生生不息的圆圆的环。

明日香想，明日香的生命也是大自然的恩惠之一吧?

只要站在外公的田里，明日香那颗被悲伤占据了的心，就会有许许多多的恩惠涌进来。她觉得一股不可思议的力量破土而出了，它能把悲伤化成恩惠的雨。

"发火的时候，就尽情地发火! 悲伤的时候，就尽情地悲伤! 可不要憋在心里啊!"

他盯住明日香的眸子不放，说道。

"扼杀感情，就等于丢掉了活下去的力量! 外公会为你挡住一切的，你就放心好了，成为原来的那个明日香吧!"

外公红红的眼睛里溢满了泪水。

一想到这些，明日香的胸口就会热得发烫。外公的爱，正在融化着明日香的心扉。染红了的桃树的叶子，在明日香的耳边摇曳着。风吹得树梢发出沙沙的响声。

遥远的群山辉映在夕阳里，太阳正渐渐西下。

四下里被映得红彤彤的。

明日香被一片温柔的光芒包围了，心中的坚冰仿佛被彻底融化了。明日香伸展开双臂，让全身沐浴在光芒之中。

"哇，好温暖噢!"

从明日香的嘴里飞出了感叹声，一个熟悉而亲切的声音，传到了耳朵里。明日香的心，剧烈地起伏起来。

咳嗽了一声，明日香让心平静下来。

"喂，喂。"

小声呢喃着。

听到了自己的声音，一种炽热的感动，犹如电流一般地穿过了明日香的身躯。

"喂，喂，明日香又回来了哟！"

明日香把脸蛋儿凑到了坚硬的树干上说。

又咳嗽了一声。

"晚霞渐渐消失时的红蜻蜓……"

好像为了要确认一遍自己确实发出了声音似的，明日香唱起了歌。

外公从走廊里走出来，想把雨窗关上。他"嗨呦"地叫了一声，把关不严的雨窗拉上之后——

吹得叶子沙沙响的风声里，似乎飘过来一阵歌声。会是明日香吗……他禁不住这样想道。外公一下子激动起来，下到田里，朝声音传来的地方寻去。

"找到了，小小的秋天，小小的秋天……"

明日香, 生日快乐

少女那清脆的歌声, 在傍晚那被夕阳染红的天空下飘荡。

"是明日香啊……"

外公的脸上笑逐颜开。桃树枝上, 明日香的身影再清晰不过了。外公不想被明日香发现, 悄悄地溜回了家。

"喂, 正子, 正子。快, 快!"

外公大声地招呼着外婆。听见外公这紧张的声音, 外婆把手在围裙上擦了一把, 就跑了过来。外婆一脸的不安, 外公一把抓住她的手, 匆匆就往田里返。

"明日香出了什么事吗?"

外婆的声音都哆嗦起来了。外公回过头, 拿食指挡在嘴上。耸耳聆听, 一阵歌声乘风而来。

外婆拽住了外公的衬衫。

"是明日香吗?"

外公使劲儿地点了一下头。两人伫立在桃树下, 倾听着明日香的歌唱。

外婆捂住眼角, 随着明日香的声音, 轻轻地唱了起来。外公用撑着腰的那只手, 轻轻地敲起了歌的节拍。

夕阳坠下群山之后, 浓浓的夜幕降临了。

明日香顺着树干, 灵巧地慢慢滑了下来。就是滑的当口,

明日香. 生日快乐

歌声还从明日香的嘴里淌了出来。

一看到等在树下的外公和外婆，明日香便用一种格外清澈悦耳的声音叫道：

"外公！外婆……"

明日香扑进了外公的怀抱。

"谢谢！"

她终于说了出来，尽管声音有点嘶哑。这两个字，明日香好久好久就想对外公和外婆说了！

千言万语涌到了嘴边，可明日香却一句也说不出来了。外公轻柔地一下一下地拍着明日香的后背。

外公明白，长长的旅途结束了，明日香的一颗心归来了。

外婆在心里说：你回来了，明日香！

外公和外婆紧紧地、紧紧地搂住了明日香，用拥抱代替了语言。

在明日香被爱裹得严严实实的当口，寒冷的冬天随风而去了。绿绿的嫩芽，拱出了干巴巴的大地。光溜溜的树枝伸向阴暗的天空，枝头一气冒出了新芽。

当桃树的梢头染上了浓浓的粉红色时，与妈妈约好回横滨的日子，终于来到了。

回横滨的前一天，明日香和外婆一起去了次理发店。剪去了一头长长的头发，剪成了短发。

"多可惜呀，好不容易留这么长。"

从地上捡起明日香的头发，外婆叹了一口气。

"不可惜，我要好好活下去！不再管妈妈喜欢不喜欢了，别人愿意怎么想就怎么想，明日香是明日香，我下定决心了。"

明日香一字一句说得干干脆脆。

"哦呀，了不起，好厉害啊！"

为明日香剪头发的理发师，在镜子里做出一副夸张的吃了一惊的表情。外婆眯起了眼睛，看着变了一个样的明日香。

回到家里，外公惊讶得眼睛都圆了。

"啊啊，真是下了决心了！不过，倒是不错，明日香剪短发也很好看。"

"谢谢。我早就想剪成这个发式了。可，唉唉，脖子这儿有点冷飕飕的感觉。"

明日香, 生日快乐

甜甜地一笑, 明日香把外公喜欢的洋果子倒在了桌子上。

"吃点茶点吧!"

外婆把茶盘里的茶碗, 一边摆到外公和明日香面前, 一边说。

"怎么回事, 有点不像是明日香了!"

外婆啜了一口茶, 不住地看着明日香。

"哈哈哈, 这是明日香吗?"

明日香圆溜溜的眼睛闪着光辉, 说:

"实话实说, 这是那个软弱的明日香起过誓的证据啊。外公不是说过了吗? 要珍重愤怒、喜悦和悲伤的感情。我决心这么做, 才起下了誓言。但如果没有证据, 怕是连起过誓这件事都会忘记掉吧? 这么做, 是为了每天早上照镜子时, 提醒自己不要忘记自己起过誓了。"

明日香摇晃着双手端着的茶碗, 羞涩地低下了头。面对成长得出人意料的明日香, 外公和外婆有点目瞪口呆了。

"如果软弱的明日香守不住誓言了, 还能再回到这里吗?"

"行啊行啊, 回来几次都行, 什么时候都行啊。"

外公的眼睛里, 是春天阳光一般的温暖。

"不过, 如果明日香守住了自己的誓言, 外公可要给我奖励啊！"

"好，说定了。"

明日香的一张笑脸，把外公的心占得满满的。送什么奖品呢？什么好呢？这一夜，外公净想着送给明日香什么奖品了，彻夜未眠。

第二天早上，明日香一个人乘新干线去横滨。外公和外婆到宇都宫站送行。

"我走了。"

明日香笑着，含泪挥手。送走了明日香，在回家的车里，外公和外婆寂寞得快要哭起来了。即便是回到了家里，外公也是想着明日香，六神无主。

"已经到了横滨吧？"

外婆仰脸看着墙上的挂钟说。

"静代怎么也不来接孩子呢？明日香来了这么长时间，最后，她连一封信都没有写，她怎么成了这样一个冷冰冰的母亲呢？"

明日香让外婆担心得不得了。外公突然一脸的沉思。他

明日香，生日快乐

想起明日香在这里的时候，一次带她去田里时，曾有一件事让他心里一沉。

"田里没有静代的树啊！春野、直人和明日香都有树，独独少了静代。"

外婆的目光投向了一个遥远的地方。

"静代出生的时候，正赶上春野动手术，没有那个心情啊！"

外公用手摸着下巴说：

"我们对静代关注得实在是不够啊，总是把春野放在了首位。静代一定十分孤独吧？对于静代来说，我们不是一对好父母吧？"

"因为静代很小的时候，就是一个非常能干的孩子，所以也就没有多顾得上她。现在回想起来，那个时候的我，满脑子只想着春野性命攸关的事情，哪里还有时间去顾及静代的心情。静代一定很痛苦吧？会不会把这种痛苦转到了明日香……"

外婆说完，一副恍然大悟的样子，看着外公。

"是啊，明日香是在替我们受过呀，是我们犯下的错呀。这孩子真可怜。"

外公和外婆两人同时深深地叹了一口气。

春天柔和的阳光，照在了明日香忘记带走的手套上。风儿里，又传来了蜜蜂开始忙碌的声音，黄莺远远地啁啾。

转校生

"这孩子身体不好，在乡下静养了一段时间。"

在青叶小学的校长室里，妈妈一张脸上堆满了笑容，说道。

明日香转学来的这所学校，距离新家，步行只有约十五分钟的距离。学校前面，就是新干线。来来往往的车子的引擎声，盖过了风声。

"啊，是吗？总之是'不来上学'吧！"

六年级二班的班主任黑泽修老师，一上来就当头泼了妈妈一盆冷水。

他三十来岁，外貌英俊，一张说不出什么特征的脸上显出一种利落的神情。

"说起来，'不来上学'的孩子是天性如此啊，不好对付。

其实，如果不想来上学，也不用勉强她。现在既然来了，我就尽力而为吧。"

说得直截了当。言不由衷的话，从黑泽老师那薄薄的嘴唇里流了出来。

"那么，我们去教室吧。妈妈回去好了。"

"是。"明日香点头站了起来。妈妈的那张笑脸僵在了那里。

"藤原坐在哪个位置上呢？啊，金泽边上的座位还空着吧？就坐在那里吧。"

黑泽老师这么一说，教室里顿时乱了套。什么？好可怜啊……响起了各种各样的声音，一阵窃笑声久久不能平息。

走到指定位置的明日香，成了众人追踪的焦点。有个男孩子还立了起来，把手夸张地挡在眼前，朝她望过来。金泽顺子脸涨得红红的，低着脑袋。不用说也看得出来，她那瘦小的身子因紧张而僵成了一团。班上这种异样的反应，不是对着明日香这个转校生的，而是对顺子而来。

明日香默默地坐在了金泽顺子的边上。

明日香，生日快乐

班级里这种湿淋淋、阴森森的气氛，扎得明日香的神经一阵阵刺痛。等他们不再喧哗了，明日香扫了教室一圈。明日香的座位是窗户这一边的最后一个，是个观察别人的好地方。

黑板的公告栏上，贴着班级的口号："互相友爱、快乐的班级。"不过明日香想，怎么看，这也不像是一个快乐的班级。

撑着腮，望向了窗外。一棵巨大的粗粗的樱花树，快要把校园给盖住了。樱花犹如薄薄的雪片似的，在春光中飘落下来。它们在风的吟唱中翩翩起舞。

"藤原，可以吗？"

突然被叫到了名字，明日香一下回过神来。班上的目光集中到了她的身上。

"到！"

明日香顺势答应了一声，望向黑板。班上正在选班干部，"交流委员"下面写着明日香的名字。

"为了让你尽快地熟悉学校的生活，想让你担当交流委员，藤原，你觉得可以吗？"

主席是吉浦茂和浜本晶。浜本晶虽说是个女生，可比吉浦茂要高一个脑袋。

"交流委员，都干些什么呢？"

面对明日香的提问，吉浦茂正要回答，黑泽老师却喊了一声"主席"，站了起来：

"藤原，不想干，可以不干哟！"

他对明日香送去的，是一张温柔无比的笑脸。

"交流委员这个职务，对于藤原来说可能有点勉强，工作太多。干到一半，搁下了可就不好啦。"

但明日香似乎在黑泽老师的那张笑脸下，听到了他的真心话："你不是一个'不来上学'的儿童吗？不能信任你！"明日香火了，"该发火的时候就发火！"外公的话，在心里反复回响着，她站了起来。

"我当。"

明日香说得干净利落，声音里透着点紧张。

"好，就这么决定啦！"

在明日香后面，吉浦茂接着说。

响起了掌声，差一点选不下去的委员选举结束了。黑泽老师绷着一张脸，瞪着明日香，不愉快地咂着舌头。

明日香心潮起伏，感觉自己都快要晕过去了。这么清清楚楚地说出自己的意思，明日香生下来还是头一次。勇气与自信，从心底里涌了上来。这时，脸上泛起了红潮的明日香的视线，与顺子碰到了一起，顺子像是因为晃眼而把眼睛眯成了一条缝。

"请、多、关、照。"

明日香微微一笑。顺子有点不知所措，还是欢喜地笑了。

一到下课时间，班上的同学立刻就会分成几伙，剩下的，只有明日香和金泽顺子两个人。

"藤原，你过来一下。"

坐在靠窗这排最前面一个位置上的浜本晶，冲明日香招了招手。刚才的委员选举中，浜本晶当选为女生学级委员。浜本晶的位置上，聚集了四个女生。

"坐在这里。"

按她说的，明日香坐在了浜本晶的座位上。四个人围成了一个圆圈，把明日香和浜本晶围在了当中。

"说到交流委员的工作，是这样的，我们学校边上有一所美国学校，它边上还有一所养护学校，我们想和他们一起开个运动会。为了加深理解，我们还有许多交流计划。"

　浜本晶有个习惯，说话时总要不停地扶一扶眼镜。

　"所以呀，工作多得要命，可够你忙的了。一上六年级，大家都叫苦连天谁也不愿意干了。你答应干，可真是救了我们！"

　浜本晶笑着说。短短的刘海下面是大大的额头，瞧上去挺聪明。

　"对了，还有一个忠告，就是你还是不要和细菌……啊，就是金泽亲近为好。"

　突然不做声了。

　"为什么？"

　明日香皱着眉头，望向浜本晶。

　"她在班上被孤立着，你不想也卷进去吧？"

　冷冰冰的声音。见明日香一脸的困惑，浜本晶在那四个人的脸上扫了一圈。突然，身后传来了桌子和椅子翻倒的声音。

　明日香吓了一跳，正要回过头去，手腕被浜本晶死死地抓住了。

　"还是不看为好！你就装做不知道吧。"

　浜本晶与身边的四个人对视了一下，一刹那都没了表情。

明日香，生日快乐

"你脏不脏啊，叫什么呀！"

"痛！住手！"

"你一个细菌，别一开口就那么神气！"

响起了顺子的哭声，还有男孩子粗声粗气的叫声。

闷闷的一声，顺子倒下了。以班上那个块头最大、名叫小林大辅为首的一帮男孩子，把倒在地上的顺子包围起来。他们踢她的肚子，"哇——"顺子含混不清地呻吟着。

班上的同学分成几伙，待在各自的地方，一动也不动，仿佛是在冷冷地看着一场刚刚开始的街头演出。

"烦人的家伙，把她从教室里扔出去吧！"

观众堆里传来了奚落声，是野村真知子的声音。这下大辅来劲儿了，大声说：

"是吗？对呀，咱们就民主一点吧。诸位，赞成把细菌扔出教室的人，举手！"

观众与表演者之间的围墙倒了，欺负顺子演变成了全班的罪行。

"赞成！"

野村真知子叫得异常响亮，第一个举起了手。在她的带动下，除了顺子和明日香之外，余下的 34 个人一个接一个地

80

举起了手。浜本晶，还有那四个人也举起了手。

"你们不是在装不知道吧？"

明日香那咄咄逼人的目光，依次从浜本晶和那四个人的脸上扫过。

"全班一致决定把你驱逐出去，不要怪罪我们啦！"

大辅和他的几个同伙一起，把顺子的书包扔到了走廊里。又对蹲在那里捂着肚子的顺子一阵猛踢，把她赶到了走廊里。

"该发火的时候，就得发火！"

明日香嘟哝着，正要站起来，却又被浜本晶她们按住了。

"要是你现在就过去，下一个挨整的靶子就是你了。这个世界上，并不总是正直的人获胜啊！你连这个都不懂吗？傻瓜。"

四个人里面，用的力气最大的高野君江压低声音说。

"啊，真痛快啊！"

又狠狠地踢了顺子的桌子一脚，大辅他们才总算是回到了自己的座位上。面对明日香那咄咄逼人的目光，浜本晶的眼睛避开了。

"这就是六年二班啊，没有办法。"

明日香后面的加藤庆子满不在乎地说。

明日香, 生日快乐

顺子没有回到教室里来。

把顺子的桌子扶起来, 明日香觉得自己好可悲, 没有表现出自己的愤怒来。最后的最后, 还是退却了, 让珍贵的感情付诸东流了。尽管明日香回到了座位上, 却一直低着头。

上课的铃声响了, 开始上课。

"现在发《健康手册》和《个人调查表》。"

说完, 黑泽老师一个接一个地喊起了名字。

"金泽顺子! 咿呀, 金泽顺子今天请假了吗?"

一遇上明日香的眼睛, 黑泽老师慌里慌张地躲开了。

大辅粗声粗气地说:

"没有。她刚才回家了。"

黑泽老师把脸转向了大辅, 歪着头问:

"为什么?"

"全班一致的决定, 要金泽顺子回家。"

"驱逐的理由?"

把拿在手上的文件放到了讲台上, 黑泽老师把胳膊抱到了一起。黑泽老师的脸上, 闪耀着一种发现了什么有趣的东西似的光。因为讲不出什么理由，大辅把头转向了他的伙伴们。

"因为她臭。"

大辅朝上翻着白眼说。老师"噗"的一声笑了起来。老师一笑，笑声传染了整个教室。大辅高兴极了。真知子尖尖的笑声，又点着了明日香的愤怒。

"小林君，这样说不可以呀。"

一边说，黑泽老师一边笑。

真知子说：

"可是老师，是真的臭呀，为什么说臭就不行呢？金泽如果不想被人说，只要把自己洗干净不就行了？我妈妈说，家里人不提醒她是不对的。"

"已经是六年级的学生了，总会用洗发液吧？明明知道大家嫌她脏！是不干净的金泽不好。"

说这话的，是真知子的好朋友平和薰。"这是最起码的礼节啊。"平和薰转向身后的真知子，寻求同意。

"生活在这个社会里，必须注意不能给别人带来麻烦。带来麻烦的家伙被赶走了，嗯，怎么说啦？啊，对了，叫自作自受。"

大辅的跟屁虫儿玉广扯着嗓子喊道。

"是吗？是这么一回事啊！大家说得也有道理。是臭啊！"

老师把脸转向一边，又笑了起来。

"去年，我到金泽家做过一次家访。想不到家里乱七八糟的，老师吓得都有点不敢进去了。是要干净一点。"

大辅借着这个话题说：

"有意思啊，今天去金泽家里瞧瞧！"

"要是去的话，把这些文件替我带去。别忘了向我汇报！"

老师的脸上呈现出一丝轻蔑的笑容。"知道了。"大辅劲头十足地叫道。他学着老师的样子，也露出了轻蔑与讨厌的笑容。

事情发展得让明日香忘记了愤怒，只是张着嘴看着这一切。这里是学校吗，她简直是不敢相信了。

这天,明日香的心好累……脑子里混乱得什么也想不下去。

第二天早上，与明日香住在同一幢公寓的浜本晶，到家里来接她。

"你妈妈拜托过我，让我好好照顾你。所以，昨天我才会全力地护着你，可你却狠狠地瞪我。"

浜本晶瞅着明日香，开玩笑地说。

"我妈妈说让你照顾我？"

"是哟，你妈妈送来的蛋糕，可好吃了。"

哎，明日香想，妈妈也有好的地方哪！今天似乎会是一个好日子……明日香仰望蓝天，做了一个深呼吸。

"我们这个班级让你吃了一惊吧？老师那么一副腔调。"

浜本晶一边扶着眼镜，一边说。

"昨天，金泽妈妈打来了电话，吓了一跳啊！"

停下了脚步，明日香看着浜本晶。

"那些家伙真的去了金泽的家。金泽妈妈觉得有点不对劲儿，这才打电话给我，让我告诉她学校里发生了什么事，我全都告诉她了。金泽妈妈气坏了，当然要生气啦！"

停顿了少许，浜本晶说：

"我也被责备了一顿，'你不是学级委员吗？你干什么啦？'"

模仿着金泽妈妈那说话的腔调，浜本晶粗声说着，眼里涌出了泪水。

"你也瞪我，我呀，不知怎么搞的，对自己的行动失去了自信。”

明日香觉得自己也被责备了一顿似的，要是被问到“你干什么啦”，该如何回答是好呢？只能耷拉着脑袋。

途中，碰到了庆子和君江。君江长得又瘦又高，庆子则丰满结实，两人搭在一起，十分惹人注目。

“大辅他们真的去了呀，真拿这些家伙没办法。”

听到消息灵通的庆子的话，浜本晶只能是一言不发地点头。

“没办法的，还包括我们在内啊。”

明日香吐出了一句。

庆子和君江互相对视了一眼，一脸惊诧。

教室里，同学把大辅和真知子围成了一个圈。

“什么什么？瞎说！”

真知子和平和薰夸张地叫着，身子往后仰去。

“是真的哟！一起去的还有儿玉广和藤田，等一下你问问他们。”

大辅洋洋得意地揉着鼻子，说。

“总之就是一个脏字。窗子上，还贴上了胶带。”

"真是不敢相信。"

轻蔑的笑声此起彼伏，高一阵低一阵，久久地持续着。

明日香看着他们笑翻了天。她把手肘垫在桌子上，托住腮，在心里与外公对起话来：

——喂，外公。您说过，该笑的时候就要笑，这是珍重感情的表现。这样说来，这些孩子笑得也是对的了？

外公温柔的脸庞，在明日香心中扩大起来。

——明日香你怎么想呢？瞧着这些孩子，你觉得很美吗？感情表现丰富的话，会让人看上去更美。

"一点点也不美啊！"

本打算在心底里说，可意外地大声说了出来。

坐在前面的吉浦茂一脸惊讶，转过头来。吉浦茂的一对眼睛像松鼠一样灵活，看上去十分可爱。

课外活动开始了，顺子的座位还是空着的。

明日香试着站在顺子的立场上想了想：如果我被那样嘲笑了一番，会怎么样呢？只是想象了一下，明日香的心就像烫了一下似的疼痛起来。

黑泽老师那张兴趣索然的脸，在教室里扫了一圈。

"早上好！"

"老师，昨天，我们去过金泽的家了。"

黑泽老师正要点名，被大辅这一声叫喊给打断了。黑泽老师轻蔑地一笑，把点名簿合上了。

"去过了？怎么样？"

"好可怕哟！是不是？"

大辅戳了戳坐在他前面的儿玉广的头。儿玉广一边摸着头，一边说：

"老师说得一点也不错。那种地方怎么能住得下去啊？"

"儿玉君，别这么说。不可以这么说。"

大家心里都已经感觉出来了，虽然黑泽老师嘴上说不可以，其实心里就是这么想的。大辅、儿玉广更是一清二楚。所以尽管说不可以，两人一点都没在意。

"喂，细菌来了哟！"

一直看着窗外的藤田叫道。大辅和儿玉广奔到了窗边。

"不是下了驱逐令了吗，怎么恬不知耻地出现了？不要来了！"

"真是一个让人恶心的家伙！"

推开教室的窗户，藤田叫喊道。

"回去！"

大辅把头转了过来，"你们过来呀！"他招了招手。真知子、平和薰先跑到了大辅的边上。黑泽老师也往窗边走去。班上所有的同学都把身子从二楼的窗子里探了出来，看着顺子走过来。

大辅起了个头："预备——起！"

"回去！回去！回去！回去！"

真知子和平和薰的声音合在一起，"回去"的声音回响着。黑泽老师抱着双臂，一边淡淡地笑着，一边向下望着顺子。

明日香朝窗外看时，顺子正抬头看着教室的窗子，她就站在那里。在纷纷扬扬的樱花的花瓣中，抬着头，眼睛眨也不眨地看着窗子，身子纹丝不动。

明日香的心底，涌起了一股子愤怒。她用力大叫起来：

"别叫啦！不要再叫啦！"

攥得紧紧的拳头，扑簌簌地哆嗦着。大伙的视线，从顺子的身上移到了明日香的身上。

"让人再也忍受不下去了！你们设身处地地想想金泽的心情好不好？"

顺子突然调过头，冲出学校往外面走去。

明日香一边哭，一边跑啊跑，她在追赶顺子。浜本晶也跟在明日香的后面追来了。当顺子正要穿过校门前的那个红绿灯时，终于被两个人追上了。

呼啊呼啊地喘着粗气，浜本晶说：

"真厉害。明日香，你跑得可真快呀，累死我了。"

手扶在膝上，浜本晶累得脸都歪了。顺子发现了她们两个，扭过头来。一张阴沉的脸上没有丝毫表情。

"不要来，别管我！"

明日香似乎看到了失声之前的那个自己，心沉了一下。这更不能不管了。

明日香和浜本晶跟在顺子后面，不管她走到哪里，跟到哪里。一会儿在人行天桥上看着飞驰而过的车子，一会儿又登上附近一座大楼的太平梯，呼哧呼哧、扑通扑通，她们轻轻地攥住了顺子的手。

一直走到黄昏时分，三个人疲惫极了，走到了学校后面的一条路上。

"肚子饿了，如果把钱带出来就好了。"

浜本晶捂着肚子说。明日香的肚子早就饿得咕咕叫了。

"店这么多，没钱，什么用场也派不上。要是在乡下，不用花钱，就能吃到树上的果子。"

"明日香，听说你去过乡下？"

"唔。"明日香使劲儿点了一下头。她又想起了外公和外婆。一想到外公和外婆的面孔，明日香顿时来了精神。

顺子还是一声不吭。走着走着，走上了一座不高的小山丘。闻到了泥土与绿草的气息，明日香觉得自己精神倍增。

"咦，竟会有这样一个地方？"

"再朝前走一点，就是美军家属宿舍了。美国学校也在前头。"

三个人，坐在了不见房子的堤坝上。明日香用手摸着毛茸茸的绿草。

"总算是有春天的感觉啦。"

明日香闭上眼睛，深深地吸了一口气，吸了满胸的春风。有点甜，带了点瑞香花的香味。

"咿呀——"

身后传来了自行车的刹车声和惊叫声。

"你们在干什么呀？这时候了，还优哉游哉地待在这里！"

吉浦茂下了车，松鼠一般的眼睛滴溜溜地转着，看着三个人。

"学校已经闹翻天了，正在找你们哪！"

浜本晶与明日香对视了一眼，笑了。

"你来得正是时候！"

吉浦茂回过头，浜本晶装模作样地捂住了肚子，用痛苦的声音说道：

"阿茂，求求你啦，让我吃点什么吧！你身上有钱吧，不吃东西我都动弹不了啦。"

吉浦茂跳上自行车，买回来三人份的面包和饮料。三个人抢过来，也不说话，就埋头吃了起来。吉浦茂只能无可奈何地看着三个人那副狼吞虎咽的样子。

"哎，多漂亮的晚霞！"

明日香叫了起来。

西方的天际，一轮燃烧着的夕阳正在落下。顺子和浜本晶，就那么咬着面包，出神地看着晚霞。

"有好久没这么直盯盯地看晚霞了。"

吉浦茂感慨万分地说完，就在明日香的旁边坐下了。

顺子的脸被夕阳染红了，眼泪扑簌簌地顺着她的脸蛋儿落了下来。明日香和浜本晶从两边搂住了顺子。

夕阳被大楼挡住，天渐渐地暗了下来。互相看不大清楚对方的脸了。躲在黑暗里的吉浦茂，拉起衬衫的下摆，不停

地擦眼泪。

"回家吧？"

浜本晶站了起来。

"呀，书包忘在学校里啦！"

明日香和浜本晶突然异口同声地尖叫起来。

"回到闹翻了天的学校去吗？"

四张脸看到了一起。没有觉得不可思议，没有觉得害怕，反倒群情激昂，有一种力量源源不断地从心底涌上来。

明日香、浜本晶、顺子奔了起来。吉浦茂骑着自行车，跟在后面。

"喂——等一等呀，我也去！"

"和阿茂没有关系啊，你回去好了。你不是还要读私塾吗？"

浜本晶转过头来说。

"我也去。一起去闹一闹吧。闹事的时候，多一个人，也会壮声势。好学生浜本晶，是没有这种感受的。"

明日香感激地望着吉浦茂的脸。

"阿茂，你真是个好人。"

"你现在才知道，太晚了吧？"

渐暗的夜色中，吉浦茂的一张脸羞得红红的。

学校历历在目的时候，四个人停住了。

真像吉浦茂说得那样，学校是闹翻了天！职员办公室里灯火通明，弥漫着一种非同寻常的气氛。

明日香、浜本晶还有顺子吓得双腿有点发软，互相把手握得紧紧的。

用力踩着落了校园一地的花瓣，四个人匆匆地朝职员办公室走去。

逃学

"你们在干什么啊！"

浜本晶推开正面的那扇门，探头一看，正好撞见了从职员洗手间出来的黑泽老师。凉鞋那"啪哒啪哒"的声音响了起来，他急吼吼地扑过来。黑泽老师面无血色。

"胡闹也要有个限度啊！你们知道给大家添了多大的乱子吗？"

黑泽老师青筋暴跳地说道。

明日香和顺子、浜本晶三人僵硬着身子，并排站在门口。没有逃学的吉浦茂，站在明日香的边上，缩成了一团。

数分钟之前还是那么激昂的情绪，现在却彻底消失了。

"真不知道你们在想什么？老师们分成几伙，一直寻找到现在！新学期这么忙，你们没有意识到你们是在忙中添乱吗？"

明日香偷偷朝上瞥了一眼，黑泽老师哭了。长长的单眼皮的眼睛里溢满了泪水，啪，一滴眼泪掉到了地板上。

浜本晶和吉浦茂抬起头，看着老师。但是，什么也没有说。不知为什么，一声"对不起"就是说不出口。四个人只是耷拉着脑袋，任黑泽老师暴风骤雨地骂着。

"啊呀，找到啦？太好了。"

担任保育的伊藤老师从职员办公室里奔了出来。她拍着双手，欣喜若狂。她的叫声里带着一股子出生地北海道的腔调。

"黑泽老师，等一下再批评她们吧！还是先报告、报告，快通知她们家里吧。"

身材高大的伊藤老师在瘦弱的黑泽老师的肩上拍了一下，黑泽老师摇晃了一下，差一点摔倒。

"好了好了，你们快进来吧！"

伊藤老师面带笑容，在四个人的后背上推了一把。黑泽老师一个人在后面，像个小孩子似的，用手背擦着眼泪。

"黑泽老师，还是去洗一把脸吧！我来通知她们家里。"

黑泽老师应了一声，沿着昏暗的走廊，重新回到了洗手间。

校长像是凝神注目似的，瞅着窗外的黑暗。因为牵挂着正上着课、突然就不知去向的三个人，胃都针扎一般地痛了起来。

"都下课了，也没有回来。"黑泽老师来报告时，已经是下午了。这一下可掀起了轩然大波。与三个人的家里联系，警局呀、车站呀，凡是想得到的地方都打过电话了，问人家看没看到这三个人。老师也分成几伙，上街去找了。

出去寻找她们的老师，几次打回电话来。

"这下可不好啦，有人看见几个女孩子从人行天桥上探出了身子。"

"二丁目的公寓管理员说看见了她们。三个女孩子上了太平梯，要往屋顶上上，被他训了一顿。"

她们要干什么呢？把她们的行动连成一条线，就会知道了个大概了。职员办公室紧张起来，电话铃一响，校长的心就会一颤。

外面天越来越暗，不安也在增长。他在心里许愿道：千万可别出事啊！

有人敲门。回头一看，下落不明的三个人，加上另外一个人，脸上挂着一种奇妙的表情站在那里。吃了一惊，校长好半天没有说出话来。

"啊啊，回来啦？"

仅仅说出了这么一句话，校长浑身的力气就像被抽空了一样，瘫倒了似的坐到了沙发上。大口大口地喘着气，让一脸紧张、僵在那里的四个人坐下，总算是缓过气来。

"平安无事就好。"

说完，目光依次在四个人的脸上停留了好几秒。

"我担心死了。还有你们家里、老师。"

顺子在一旁哭了起来，浜本晶"咝咝"地抽着鼻子，明日香也突然眼泪汪汪。

"对不起。"

终于说了出来。

"让您为我们担心了。"

吉浦茂用大人的口吻说道。校长笑了，点点头。

伊藤老师端着一个盛着热红茶和点心的茶盘走了进来。

"校长，已经通知过她们家里了。家长说马上就来接她们。黑泽老师正在联系那些还在外面搜索的老师。"

伊藤老师说得干干脆脆，她把点心和红茶整整齐齐地摆到了桌子上。冒着热气的红茶，光是看一眼，心里就暖乎乎的了。明日香和吉浦茂互相对视了一眼，会心地笑了。

"累了吧？中午饭吃了吗？"

伊藤老师面带微笑，一个个温柔地问过她们。伊藤老师的笑容，像热气腾腾的红茶一样温暖。

明日香边上的顺子，一个人在那里说着什么。

"嗯，什么事？"

校长把喝过的红茶放下，瞅着顺子的脸。吉浦茂正啜着，"哧——"的一声，显得格外响亮。吉浦茂脸都红了，把红茶放下了。

顺子慢慢抬起了脸。然后，一字一句地说道：

"是我不好。大家都是为了救我，请不要批评他们。"

明日香连忙把嘴里的点心咽了下去，说：

"不是这样的，不是金泽不好。"

"是呀，被那样一顿臭骂，不管是谁，都要逃掉的！"

浜本晶也接着说。仿佛为了确认一遍两个人的好意似的，顺子闭上了眼睛，搁在膝上的手抖个不停。

"他们叫我细菌。上学，对我来说好痛苦啊！早上，可、可我好不容易鼓足劲儿来了，大伙又一起叫喊：'回去，回去！'我脑袋里一片空白，只有一个念头，离开这里！"

顺子嘶哑地说。明日香和浜本晶把手搁在顺子那瘦瘦小小的肩上，像是要撑住她似的。

"后来，明日香和浜本晶一直跟着我，握着我的手。吉浦茂也不坏，来找我，我们说饿得走不动了，他就给我们买来面包和饮料。高兴，我高兴啊。"

校长一边"嗯嗯"地点头，一边听顺子讲。

"自从在班上挨欺负那天起，我一直想离开这里。挨打的时候也好，挨踢的时候也好，就想着不来上学。如同待在了隧道里一样，好黑，好孤独。"

伊藤老师悄悄地把手绢放到了顺子的手上。顺子擦去了眼睛里涌出来的泪水。

顺子一边抽泣，一边喊。校长浓眉紧锁，闭着眼睛，似乎在反省着顺子的话。

伊藤老师轻轻地抚摸着顺子的后背，因为哭得太厉害了，顺子的后背上下抖动着。

门开了，黑泽老师走了进来。

"真是对不起。和老师们都联系上了，大家马上就会回来。"

他说这话时，脸上还浮现出微笑。他朝桌子上的红茶和点心看了一眼，突然一脸的不高兴：

"这可不好啊，伊藤老师。请不要宠坏了他们，我还要好好惩罚他们一顿哪！"

伊藤老师正要说些什么，却被校长伸出手来制止住了：

"黑泽老师，找错了惩罚的对象吧？"

黑泽老师被校长严厉的目光盯得都快要哭出来了。

"藤原同学，浜本同学，吉浦同学，谢谢你们。你们的勇气，也救了我啊！我差一点点就铸下了大错啊！"

校长交替望着三个人的脸，把手放在了哭个不停的顺子肩上，说：

"对不起，金泽同学，让你这么痛苦。"

　黑泽老师目瞪口呆地望着校长所做的一切，一张茫然的脸上似乎在问：这到底是怎么一回事呢？

　顺子的爸爸和妈妈来接她了。

　与校长简单说了几句，顺子爸爸狠狠地瞪了黑泽老师一眼。黑泽老师在校长室的角落里，缩成了一团。顺子妈妈泪流满面，紧紧地搂住了顺子。在妈妈的怀抱里，顺子像是要把到今天为止所受的委屈统统洗去似的，哭个不停。

　从浜本晶和吉浦茂妈妈的后面，直人突然现出脸来。他冲着明日香微微一笑。明日香高兴地挥了挥手。

　明日香和来接她的直人，走在被月光照得微微发亮的夜路上。

　"你变了。"

　直人突然冒出一句。

　"人啊，是可以变的啊！"

　这是一个无风之夜。天上悬着一轮美丽的满月。

　"对了，外公说过，不管是什么时候，在什么地方，只要你想变化，就能变化，这就是人啊！"

明日香站住了，闪闪发亮的眼睛盯住了直人。

"所以，人才要学习哟！是吧，哥哥？"

呼啦啦，樱花的花瓣飘落下来。明日香像是要接住这些花瓣似的，在夜空中伸开了双臂。

养护学校

"这条走廊的另一头，是什么？"

顺子和浜本晶领着才转学过来的明日香，在校内参观。

一楼的走廊上，职员办公室、校长室排成一排，长长地一直向前伸去。

走上楼梯的顺子和明日香回过头来，顺着明日香手指的方向一看，然后两人互相对视了一眼。

"门开着，这会儿，正是'中间休息交流'时间。"

"那么，就是说可以进去了？"

彼此确认似的点了点头。把青叶小学和养护学校连接起来的这条长长的走廊上，只有一扇门。当这扇门开着的时候，表示"请进"，是青叶小学的孩子们，可以自由地到养护学校的孩子们这里来的时间。

顺子回过头来瞧着明日香：

"前面是养护学校，去吗？"

还没等明日香回答，浜本晶已经快步走在前面了。

"我们和养护学校的孩子们,正在进行'联合上课'和'饮食供给交流'的活动。"

一边疾步追赶跑在了前头的浜本晶，顺子一边飞快地解释说。

"是吗？也有我们班？"

"因为我们不是一个团结的班级，没法进行。不过，运动会、毕业式大家都是在一起的。对了，明日香……"

说到这里，顺子像是想起了什么，"对不起，"她望着明日香小声道歉。"唔？"明日香歪着脖子，一脸的不解。

"藤原，我竟直接叫你的名字了！"

顺子身子缩成一团。

"说什么哪，你就叫好啦，别介意。"

明日香用力摇了摇手。尽管这样，顺子看上去还是快要哭出来了：

"我，以前一个朋友也没有，是个阴沉着脸，整天提心吊

胆的孩子啊！所以，我真的高兴。真好，有了明日香这样一
个好朋友。"

顺子小小的褐色眼珠睁得老大，望着明日香。自己现在
这副堂堂正正的样子，明日香也是过去连想都不敢想的。面
对屏住呼吸、望着自己的顺子，明日香缩了缩肩，笑道：

"别那么吃惊嘛！人生，有高山有低谷啊。"

被精神十足的明日香这么一说，顺子总算是又露出了一
张笑脸。

"明日香，你是交流委员呀，往后，和养护学校的孩子们
在一起做的事会很多的。"

直到训练室前面的大厅，她们才追上了浜本晶。悄悄朝训
练室里窥视的浜本晶的头转了过来，眼神像一只恐惧的小狗。

"哎呀，这不是浜本晶吗？"

后面传来一声大叫。真田老师站在后面，抱着一个装满
了红色、蓝色橡皮球的篮子。

"有段时间没见，又长高啦！"

真田老师的喜悦发自内心。

浜本晶像是生气了，表情僵硬地站在那里。

"老师，阿惠呢？"

浜本晶问道，声音里有点发抖。真田老师看着浜本晶，然后，像是说"啊，我知道了"似的，用力点点头，把抱着的篮子放到了地上。

"跟我来。"

真田老师轻轻地说。三人跟在后面。出了大厅，穿过院子，又拐了一个弯。一直走到走廊最里头那间教室，他打开门，冲她们招招手。

浜本晶战战兢兢地朝里面瞅去。

"太好了，还活着。"

浜本晶"啊"地松了一口气。然后，连忙又用手掩住了口。虽说是一句脱口而出的话，却是真实心声的吐露。真田老师因为太了解浜本晶的心情了，只是微微一笑。一笑，脸上的皱纹也跟着涌了起来，显得更加亲切了。

"阿惠呀，上个星期12岁啦！还是比浜本晶大一点点的姐姐呢！"

"她还记得不记得我呢？"

本来已经不那么紧张了的浜本晶，又不安起来。真田老师缩了缩脖子，说：

"你问一问阿惠看？"

明日香, 生日快乐

　　三个人走进教室去探望阿惠。阿惠是重度的多重残障儿童。细小的身体，却又有那么多的残障。阿惠的身体几乎无法动弹，只有眼睛和手稍稍能动弹一下。

　　"你们好。"

　　教室里一位年轻的女老师用明亮的声音说。三人连忙回答道，您好。

　　橘黄色的地毯上，阿惠把靠垫当成了枕头，望着蓝天。

　　"阿惠，你好。"

　　浜本晶一字一句地招呼道。阿惠那大大的眼睛，从天空慢慢地移向了浜本晶。水灵灵、美丽的眼睛，移到了浜本晶的脸上。阿惠笑着，把细细的手腕向浜本晶的脸伸了过来。

　　"阿惠，你还记得我哪！"

　　浜本晶把脸贴到了阿惠的手上，高兴地说。

　　"阿惠，你好。"

　　顺子和明日香齐声说。阿惠的眼睛，从浜本晶的脸上，流水一般地向明日香流了过去。清澈的眼睛，镶在又黑又长的睫毛下面。

　　阿惠的小手摇着，和明日香的手碰到了一起。一捏住阿惠的手，来自肌肤的温暖与柔软，让明日香觉出了一种不可思议的快慰。怎么一回事呢？温柔在心中一层层地弥漫开了。

"要常来玩啊！不论老师们如何努力，也代替不了你们的笑脸呀。"

真田老师一边搔着头，一边说。

"阿惠刚入学时，一点表情也没有，还时不时地露出一种不愉快的表情。可是，自从与青叶小学开始了交流以后，渐渐地变了。头一次看到她那张笑脸时，别提我们有多么高兴了。"

真田老师在阿惠身边坐下，眯起了眼睛。

"交流学习时，青叶的好朋友们不是会过来与她打招呼吗？就像今天一样，一下子就露出了一张笑脸。说不定，阿惠喜欢用眼睛追着你们哪。其他的孩子们，也都有了惊人的变化。"

浜本晶轻轻地摇着阿惠的手。

真田老师那粗大的眉毛抽动着，轮流看着三个人的脸：

"你们这些孩子，身上倒是拥有着让人意想不到的能量呢！我可真羡慕你们啊！"

阿惠的眼睛，又流到了真田老师那张微黑、紧绷绷的脸上。一感受到阿惠的目光，真田老师温柔地笑了。

"最近啊，交流学习的时候，她会发出'我也想做'的声音。不止是阿惠一个人，养护学校的孩子们一和青叶小学的孩子们在一起，脸上就会洋溢出一种自然的表情。现在，阿惠脸上的表情多好啊！"

阿惠把手伸向真田老师。真田老师抓住阿惠的手腕，轻轻地摇了起来。和真田老师那粗壮的手腕并列在一起，阿惠的手腕显得实在是太细了。

"是不是啊，阿惠？阿惠最喜欢朋友了，看，她在说，我太喜欢你们了！"

阿惠笑了，咯咯的笑声从嗓子眼儿里发了出来。真田老师睁圆了眼睛，一脸惊愕。年轻的女老师也跑了过来，盯住了阿惠的脸。

"真不敢相信啊！我们真是不如你们啊！"

真田老师这样说道，又搔了搔头。明日香咽了一口唾沫，又要落泪了。

中午休息的时候，真田老师带着转学过来的明日香参观养护学校。

"这所养护学校啊，说是重度、多重残障的儿童，其实绝大多数都是非常严重的残障儿童。在籍的小学部有 37 名，中学部 10 名。除此之外，访问的有 5 名吧？"

真田老师一边走，一边掰着手指头，念着孩子们的名字。明日香叫了一声，把手举了起来。见明日香那副认真的样子，真田老师不由地笑出了声。

配合明日香似的，他也一脸的认真。

"提问吗，藤原同学？"

"是的。什么是'访问'啊？"

明日香脸有点发红，小声问道。

"就是老师去那些残障严重，或是因家里的情况不能上学的孩子家里，进行指导。"

明日香又要举手，慌忙缩了回来。真田老师笑得前仰后合，笑得太厉害了，都咳嗽起来了。

"来上学的话，有校车吗？"

"有 5 辆校车，接送市内 11 个区的孩子们。"

一边回答，真田老师又笑起来。

走到了教室。

小小的孩子们细细的喉咙里或是手腕上，插着许多根管子，看上去让人十分揪心。绝大多数孩子的进食，都是通过鼻子上的管子直接送进胃里。

"他们不能按照自己的意识收紧或是放松肌肉。就连我们这样自然的呼吸，对这些孩子来说，也是十分困难的。曾发生过肌肉随便一动，就喘不上气来了的事。"

而对那些能靠自己的力量吞咽食物的孩子，老师则一匙一匙地送进嘴里，耐心地教他们抬高下巴，闭上嘴，让食物通过嗓子。

从教室出来，明日香与真田老师一边走，一边问了一个自己觉得不可思议的问题：

"他们看上去，是那样的痛苦，能上得了课吗？"

走到院子里，真田老师在花坛前蹲了下来。盛开的郁金香的边上，拱出了好些绿绿的嫩芽。明日香也在一边蹲了下来。

"我相信能上。只有相信，才能把课上下去。我的工作，就是相信他们的潜力，帮助他们。"

真田老师好像是说给自己听一样，用力大声地说道。明日香把脸转向了真田老师。

"说是这么说，常常是失去信心啊！因为绝大部分都是说不出话的孩子，而我们却已经习惯了用语言进行沟通的方式。不使用语言，让对方理解你真是太难了。我就是使出了全身力气，对方也不一定明白。"

　　一边说，真田老师好几次歪了歪脖子。明日香把手伸到花坛里，抓起一把黑土。她一边把手上的土哗哗地洒落下来，一边说：

　　"不久之前，我还说不出话来。虽然妈妈一点都不能理解我，但乡下的外公和外婆却与我心心相通。您知道为什么吗？"

　　这让真田老师吃惊不小，他望着明日香的侧脸。不管怎么看，这也是一个健康的少女啊！从外面，根本就看不出明日香的心灵曾经有过创伤。

　　"因为他们努力去理解我啊。外公和外婆信任我，努力去理解我。有时自己还没发觉，但他们已经理解了我的心。所以，能说话也好，不能说话也好，都是一样的。老师，你不是相信的吗？所以，没有关系啊。"

　　明日香幸福地微笑着，天真烂漫得让人丝毫也感受不出心灵的创伤。

　　"你比我强多了。"

　　真田老师只能笑着搔搔头。他再一次感受到了孩子那惊人的力量，觉得自信与希望又回来了。

明日香, 生日快乐

"今天，我有点怪怪的吧？"

放学回家的路上，两人并排走着，浜本晶开口问道。

"是的，有点怪。"

明日香老实地回答道。

"说真话，我害怕去养护学校。"

浜本晶背的是一个与她一点也不相称的变小了的背包。一走路，书包就叮叮咚咚地响个不停。浜本晶把背包的皮带拉得紧紧的。

"一年级的时候，我们班很团结，常常去阿惠的班上。我和阿惠，还有另外一个孩子十分要好。那孩子和我们差不多一样的精神，一笑起来，可爱极了。"

浜本晶眯起眼睛，像是要回忆起往事似的：

"三年级时，是二月份吧，一连着几天都是寒冷的日子，还下了雪。我感冒请假没去上学，也就没能去祝贺那孩子的生日。晚了三天，我带着说好了的生日礼物，心怦怦地跳着，去了那孩子的班上。可是，已经不在了。名字，还有那孩子用过的坐垫，什么都没有了。"

像是要止住泪水似的，浜本晶扶了扶眼镜。明日香目不转睛地凝视着浜本晶。

"那孩子死了呀！悲伤，加上害怕，从此以后，再也没去过养护学校。"

浜本晶忍不住哭泣起来。明日香也是眼泪汪汪。

明日香和浜本晶就站在路边，脸对脸地放声大哭。擦身而过的行人，不住地回过头来看她们。即使是这样，她们也没有停止哭泣。

反击

一个成年男人，怎么会在别人面前哭成那个样子呢？

自从明日香她们的逃学事件以来，黑泽老师常常会在教室里哭起来。

"又没什么理由，就哭了。"

正准备回家，明日香突然就冒出来这么一句。

放学之后的教室里静悄悄的，只有浜本晶、穿着足球队蓝色运动服的吉浦茂和青田祥司。

"你说老师？是呀，明日香还是刚开始啊！"

浜本晶晃着脑袋说。

"我从五年级就开始看到现在啦,已经习惯了。只能是'请便'了。"

"是啊。我，怎么觉得好累啊。能不累吗？他在你面前一
哭，你总是要担心：发生了什么事呢？"

往上推了推眼镜，浜本晶把目光投向了窗外。

"一开始，我也好，班上的同学也好，都是这么想的。老
师一哭，我们就拼命承认错误，好言安慰他。后来我们才明白，
老师只不过是在耍脾气。"

"是哟！"

一直默默听着的吉浦茂和祥司异口同声地说。

"大人在我们面前耍脾气，真压得人受不了，饶了我们好
不好？"

祥司把下巴用足球顶住，含混不清地说。

明日香心里想到了妈妈。把自己的问题推到孩子身上，
妈妈不也是在耍脾气吗？黑泽老师也是如此，耍脾气把自
己的问题推到了二班的全体同学身上。明日香渐渐地火气
上来了。

"我讨厌被人压着，我要干干脆脆地说一声 No ！"

说得这么厉害，三个人吃惊地看着明日香。然后，低下
了头。

"我们一开始，要是对他说一声 No 就好了。唉，没想到

不知不觉中，他却逐步升级，更加厉害了。"

祥司像是在自言自语，冷冷地说。

吉浦茂就那么眼睛看着地面，说：

"欺负顺子的事，好像闹大了。今天，金泽的爸爸和妈妈又去了校长室。"

"昨天，我们的妈妈们也来了，召开了紧急家长会。"

祥司这么一说，浜本晶点了点头。不对呀，明日香想。

"不对头呀，家长会上都说了些什么呢？要对话的，应该是我们呀。我们不想就这样毕业！绝对不可以的，我说，六年二班必须有点动作啊！"

明日香这么一嚷，浜本晶的眼睛都放光了。祥司和吉浦茂的腰，像夏天被水浇过的树一样直了起来。一直到天都黑了，四个人还在那里苦苦冥想着对策。

顺子被欺负这件事公开之后，班上的气氛为之一变。

本来攥着班级主导权的大辅他们的声音，一下子小了下去。

班上的女孩子们也突然都变了，围拢到了顺子周围。一直孤零零一个人的顺子，好朋友突然就多了起来。

那个昨天还是个受气包的顺子，哪里去了呢？看着顺子的态度一天一天发生着变化，明日香心情复杂起来。

好朋友把以前对顺子的所作所为，全都怪罪到了真知子的身上。是真知子策划了这一切，于是顺子便把愤怒的矛头指向了真知子。

顺子一点点地上了好朋友的当，开始向真知子反击。

真知子的桌子、鞋箱上，每天不是被贴上了，就是被塞进了写着"讨厌你"的纸条。只要看到了，明日香和浜本晶就会把它们揭下来撕碎。因为在仅仅隔着一扇门的教室里，有每分每秒都在与死进行着搏斗的孩子；有拼死守护着那一盏盏脆弱的生命之灯的老师，以及父母们。

明日香咬紧了嘴唇，面对着看不见的对手，强忍怒火。

"喂，要小心野村真知子噢，她是老师的奸细。"

正上着课，顺子在她的耳边轻声嘀咕道。

"班上什么事她都会向老师告状。所以，老师特别偏向她，她才那么神气活现。哪怕考试考得不好，成绩单上的分数照样会写得很高。狡猾透了。"

吃了一惊,明日香回头望向顺子。

"是真的哟！是她最好的朋友平和薰亲口对我说的,不会错。"

顺子那小眼睛闪着光,嘴角上露出一丝笑意。

明日香瞪了顺子一眼:

"不要总说这种话了,伤害别人,有什么好开心的？"

明日香的声音突然大了起来,面向黑板的黑泽老师把头转了过来。

"对不起。"

明日香缩了一下肩,说。

顺子生气地板起了脸。老师的目光从两个人的脸上移开,抽起鼻子来。

明日香吐了一口气。班级的改革,必须加快速度了。明日香再也没心思上课了。

明日香、浜本晶、吉浦茂还有祥司,拿着不知讨论了多少次的班级改革方案,去找校长商量。

"关于欺负人这件事，我们想进行一次讨论。如果有可能，想请爸爸妈妈一起来讨论，请他们来参观教学。请给我们时间。"

"好朋友被欺负得差一点退学，可我们对于这件事，却一次也没有讨论过。这样下去的话，同样的事情还会再次发生。求您了，请给我们一个一起来思考的时间。"

校长听完祥司和浜本晶的申诉，又读了写在报告纸上的改革方案。

"了不起，想得好。"

校长佩服地说。他脸上浮现出一种复杂的神态，双手抱在胸前。四个人紧张地望着校长的脸。校长用力说道：

"好吧，我一定会帮助你们。"

吉浦茂忍不住把双臂一伸，做了一个胜利的手势。

"听好了，有一件事我们要事先说好，绝对不能大伙一起去批判欺负人的人，去追究他。把欺负人这件事当成自己的事来考虑，要这样来展开讨论。我们可说好了。"

校长用一种严肃的目光，挨次扫过四个人的脸。

"您一说绝对，我们没有了自信。怎样做才好呢？请告诉我们。"

明日香，生日快乐

听到浜本晶这么忧心忡忡地一说，校长皱紧眉头，思索起来。

"是啊，如果有人在场助言，就可以放心地进行了。我去求求担当保育的伊藤老师和本校顾问矢崎先生看。"

"拜托了。"明日香他们齐声说道。四个人那红红的脸上，闪闪放光。他们把手叠到了一起，发誓一定要让教学参观成功。

"早上好，阿惠。今天觉得怎么样？"

明日香这样一招呼，阿惠笑了，找起明日香的手来。明日香拿过阿惠的手，轻轻地摇晃。

明日香每天都盼着中间休息时间快点到，好去养护学校。

一边摇晃阿惠的手，明日香一边告诉阿惠各种各样的事情。明明绝大部分都听不见的阿惠，却像是会附和明日香的话似的，不时地发出声音。

明日香和阿惠待在一起，心就会变得安宁。是因为感受到了阿惠的信赖吧！不带半点虚假，两颗心紧紧地贴在了一块。阿惠那深深的恬静，救了明日香。

　　明日香从走廊出来，发现阿惠的妈妈正等着她。

　　"是明日香吧？阿惠最近好开心啊，真田老师告诉了我原因，她有了一个名叫明日香的好朋友。"

　　她的面庞很像阿惠，浑身散发着一种温柔。被阿惠的妈妈这么一盯着看，明日香的脸都红了。

　　阿惠那到肩的长发总是被妈妈梳得干干净净的，还扎上了漂亮的饰物。明日香的妈妈一次也没为明日香梳过头发，明日香不由得对阿惠的妈妈涌起了一股渴望。

　　阿惠的妈妈对不好意思的明日香客气地说：

　　"星期天，我们去森林公园野餐，能和我们一起去吗？"

　　"野餐？哇，我太高兴了。我还是头一次去野餐哪！阿惠是坐轮椅车去吧？让我来推她好吗？"

　　听明日香这样开心地说道，阿惠的妈妈脸上绽开了笑容。

　　"太好了，让我都等不及星期天了。我会做上好吃的便当。明日香，谢谢。这一定会成为阿惠的美好回忆的。"

　　紧紧地握着明日香的手，阿惠妈妈眼里溢满了泪水。

　　上课铃声响了，明日香沿着走廊，滑行一样地奔回教室。

气喘吁吁地坐到座位上，迎来的却是顺子那冰冷的视线。

窗户外面，被春天那和煦的光照耀着，而教室里，却还刮着冬天的暴风雨。

教学参观

　　天上下着倾盆大雨。尽管是这样，教学参观开始前的十分钟，教室后面父母的参观席上还是挤得满满的了。因为是星期六，来的父亲也相当多。

　　"怎么办啊，胸都好像要裂开了。"

　　浜本晶皱着淡淡的眉毛，喃喃地说道。

　　"不要紧，相信自己。相信跟你在一起的朋友。"

　　明日香在胸前比划了一个"V"字，微微一笑。其实明日香也紧张得胸都快要裂开了，剧烈地跳荡。她与吉浦茂的目光撞到了一起，轻轻点了一下头，相互一笑。

　　司会是浜本晶和祥司。紧张得一直到开始之前还往厕所跑的祥司，现在却从容不迫，一副司会的样子。

明日香，生日快乐

开幕式由吉浦茂朗读了一封因为不堪忍受欺负而退学的中学生的信。大辅的妈妈，朗读了那个中学生母亲的手记。在手记里，那位母亲除了哀叹儿子的悲惨之外，还痛切地悔恨自己没能成为儿子的支柱。大辅的妈妈，是家长会的代表。

昨天下午——

"明天的开幕式上，想请您读这篇手记。"

明日香把手记的复印件交给了大辅的妈妈。在家长会上，家长们决定支持孩子们计划的教学参观活动，还决定由家长会代表大辅妈妈参加开幕式。一看手记，大辅妈妈的脸色就变了：

"大辅是有点精力过剩，但说他欺负人，未免有点夸大其词了吧？"

她一直就这样以为。对于把欺负人当成了一件大事的祥司和浜本晶的妈妈们的行动，她也耿耿于怀。真是没办法，她烦得直想咂嘴。

本来是想练习练习，但读了几遍之后，想法就变了。她开始明白了被欺负一方的痛苦心情，一点点地认识到了自己的错误，认识到了自己对粗暴的大辅的放纵。

早上，她冲着去上学的大辅的背影喊道：

"今天，妈妈要在大家面前读一封信。妈妈要用心去读，大辅，要好好听啊！"

往常连哼也不哼一声的大辅，说了声"知道了"，点了一下头。

大辅妈妈像是在对大辅说一样，用心读着。

写下这篇手记的母亲的心，就这样原原本本地送到了每一位听众的心里。

大辅把脑袋埋在交叉的手臂里，趴在桌子上，肩膀抖个不停。

学校顾问矢崎先生和担当保育的伊藤老师，也根据自己丰富的咨询体验，讲了几个欺负同学的案例。

"明明看见了，却装成没看见，这样会使欺负人的行为变本加厉。愈来愈多的人不敢说'住手'，欺负人的现象就会日渐猖獗。"

"欺负，不是别人的问题，是自己的问题，是和自己是什么样、要成为什么样有关系的问题。重视对方的存在，也是重视自己的存在。希望你们能明白这点。"

伊藤老师和矢崎先生的话，犹如苦药，让每一个人都觉出了针扎一般的疼。

大家终于明白过来了，"欺负"这个问题，不是住在远处的中学生的问题，而是六年二班自己的问题。

"可以发言吗？"

顺子的爸爸把手举了起来。

"因为是教学参观，按理说，我们这些大人应该只是默默地听着，但能不能让我来说一句？"

"请讲。诸位大人如有意见，请发言。"

祥司接受了。

"谢谢。"顺子的爸爸说了一声，站了起来。他个子不高，长得与顺子有几分相似。

"我一直想有个时间和大家说一次话，所以，今天真是一个好机会，谢谢。"

顺子的爸爸向浜本晶和祥司轻轻点了一下头，然后朝顺子瞧了一眼，顺子脸红红地低下了头。

"我是干建筑的，两年前干活时从房顶上掉下来以后，就离不开医院了。因为有孩子需要照顾，还有一个卧床不起的奶奶，可就苦了孩子的妈妈。她常常是忙得蓬头垢面，顾不上打扫房间，钱也不够花。大伙来家里玩时，没能好好招待，我真是觉得过意不去。不，这可不是讽刺。"

听顺子的爸爸这样一说，大辅、儿玉广和藤田都垂下了脑袋。

"也没有去管顺子的穿戴。孩子的妈妈天天哭，说顺子遭人白眼全是自己的过错，对不起顺子。不过，希望你们明白，人生啊，有晴天，也有阴天，不可能永远、永远都是晴天，偶尔也会下一场倾盆大雨。这个时候，不要指着被淋成落汤鸡的人大笑，要有为他撑起一把伞的胸襟，或者说是体贴。因为是人，不是应该珍爱吗？"

家长席上的家长们一起点头称是。

"一开始，我们听说顺子被欺负成这个样子时，冲着校长和黑泽老师劈头盖脸就是一顿责问，这不是所'岂有此理'的学校？不过，我又听说，当顺子愚蠢地从学校跑出去时，这个班里有两个善良的孩子一直跟着她，为她撑起了伞。如果学校里还有这样的孩子，应该不会那么差吧？"

顺子的爸爸冲着明日香点头致意。明日香笑着缩了缩脖子，有点害羞的样子。

"如果身边有这样的朋友，顺子一定也会成长为一个能为别人撑伞、正正经经的人吧？那让我有多高兴。回想起来，因为光忙着工作了，没能好好地照看顺子，这是我们做家长需要深刻反省的。"

顺子的爸爸长长地吸了一口气。

"现在，我和她妈妈望着她熟睡的样子，一个劲儿地想，谢谢'伞'啊，我真是感谢不尽啊！"

最后的话说不下去了，顺子的爸爸用手绢擦着眼睛，深深地鞠了一躬。

家长席上响起了鼓掌声。有的父亲眼圈通红，站在那里鼓掌。擤鼻子和嘤嘤的哭泣声响成了一片。

真知子举起了手。真知子的眼睛也是红红的。

"我对金泽同学说过许多难听的话。管她叫细菌，拿她当傻瓜，对她的朋友说坏话。头一个说把她驱逐出班级的也是我。她迟到了，我大声地喊'回家去吧'！那个时候，我没觉得自己是在干坏事。不过，现在思考起来，我感到羞耻。金泽同学，对不起，真的对不起。"

总是摆出一副正正经经的架子的真知子，这回是痛哭流涕了。

"是我不对。一直没有道歉，现在让我向你道歉。金泽同学，请你原谅我。我打她，踢她，拿她当傻瓜一样对待。我从来没有想过金泽同学的感受。欺负人的时候，我会变得很兴奋，觉得开心，但当我一个人的时候，又觉得受不了。所以，就又去欺负人了。我真想自己揍自己一顿。"

大辅小声叽叽咕咕地说完，冲顺子那边伸长了脖子，鞠了一躬。大辅的妈妈也站了起来，一起鞠了一躬。

顺子没有去看真知子和大辅，红着脸，脸一直朝向下面。

高野君江举起了手，咳嗽了一声，站起来。

"我一直认为，不去参加那些欺负人的事，就保护了自己。但是，最后大家都受到了伤害，自己也是遍体鳞伤。自从班里发生了欺负人的事之后，心情就变得沉甸甸的、烦闷不堪。我知道是怎么一回事，是我把自己的心盖了起来。如果我们早一点把话说开，就好了。今天，我知道了大伙的心情，自己好像终于又活过来了似的。"

君江冲明日香明快地一笑，坐下了。

顺子站了起来。低着头，半晌没有说出话来。

"对不起，爸爸。我真是一个傻瓜啊！我被逼得差一点退学，可我却把这种痛苦转向了野村真知子……"

顺子的嗓子眼儿里发出了痉挛的声音，她扯着嗓子喊起来：

"我把写着'讨厌你！'的纸条塞进野村真知子的桌子里，离间她的朋友，还编造无中生有的事……"

顺子那小小的身子里发出呜呜的呻吟声，晃来晃去。

"我没有像爸爸说的那样，成为一个肯为别人撑伞的人。我、我甚至想去欺负对我百般体贴的藤原明日香了。如果爸爸早点对我说出今天这番话，我就会早一点醒悟了。对不起。"

顺子"哇"的一声哭了起来。真知子站起来，朝顺子那里走去。

"没关系，真的没关系。"

这样说着，她把手放到了顺子的肩上。

从家长席上、好朋友的座位上，投过来无数温暖的视线。一种发自内心的喜悦，飘满了教室的每一个角落。

才过了两个小时。

窗外是一片清澈的蓝天。那是一种天空的蓝色，把教室里的顺子、大辅他们的心都映亮了。

明日香的身子里充满了暖洋洋的感觉。

——外公，谢谢您。

——外公，您为明日香的心灵注入了那么多的养分，明日香会勇往直前的。

樱树枝头开满了绿叶，随着风，一闪一闪地闪着银光。明日香稍没留意，风儿已经在追赶着初夏了。

兄妹

"我不允许你随便胡来！"

明日香一拉开大门，妈妈的吼叫声飞进了她的耳朵。明日香吓得身子往后一闪。

这是五月一个晴朗的星期天。明日香和阿惠，还有阿惠的爸爸妈妈，一起到附近的森林公园去野餐了。在绿色的原野上，呼吸着新鲜的空气，和阿惠痛痛快快地玩了个够，刚刚回来。

她轻手轻脚地向客厅走去。爸爸和妈妈站在直人面前，脸上的表情十分吓人。妈妈快要哭出来了：

"我是为了什么，一直苦熬到现在？你再好好想一想啊，直人？"

直人不理会妈妈的话，冲着从客厅门外往里瞅的明日香一笑。

"我决定不上学院了。"

直人招手让她在一边坐下，说道。明日香眼睛翻了一下，一副吃惊的样子。咣！爸爸的拳头砸在了桌子上。

"不管怎么说，我就是不允许！退学像什么话，爸爸不允许！"

爸爸说得斩钉截铁。接着，又把火气转到了妈妈身上。

"就因为你的疏忽，才会发生这种事情！明日香的事情也是。明明是孩子们的母亲，却整天不在家！叫我怎么对我妈妈说？"

尖叫完了，爸爸开始啃起指甲、抖起腿来了。直人一脸厌恶，望向了明日香。明日香嘴唇一张一合，对直人说："加把劲儿！"

"两个孩子都拒绝上学，这事要是让公司知道了可如何是好？脸都丢尽了，我都出不了屋了。你说你都干了些什么？因为我一直不在家，全是你的责任。你到底有没有担负起一个母亲的责任啊？"

妈妈用两手捂住脸，什么也不说。

明日香. 生日快乐

爸爸在银行上班。三年里一直一个人在外地上班，上个月刚刚回来。不过，他是在名古屋上班，每星期都坐新干线回家一次。爸爸，说"我不在家"，你好狡猾呀。明日香怒气冲冲地瞪了爸爸一眼。

"你能不能好好听我说一遍？"

直人忍不住说道，但爸爸却把脸转向了一边。

"就像我一开始说的那样，我也好，明日香也好，没有做出让爸爸丢脸的事，你尽可以仰起头，堂堂正正地走出去。"

直人语气强硬地说。爸爸的眼皮一抖一抖的。

"15 年来，我一直照着爸爸妈妈所说的去做。你们对我充满了期待，我觉得我已经回报了你们的期待。"

妈妈终于把手放了下来，露出了面孔，用力连连点头。

"是呀，你一直都是一个好孩子，这次是怎么了？"

"已经到了从所谓的'好孩子'里解放出来的时候了。"

眼泪从妈妈那苍白的脸上滚下来。

"我想用自己的脚走自己的路，接触形形色色的人，想去过那样一种生活。"

"可是，学院不退学，不是照样也可以做到吗？"

妈妈那双企求的眼睛望着直人。

"从上初中部的时候，我就觉得自己不合适了，只不过那时候我没有勇气退学。"

直人左右摇着头，摆脱开了妈妈那双企求的眼睛。

"我要珍惜这仅有的一次生命。那种被鞭子抽着，往食物箱子里钻的学习方法，已经让我厌倦透了！我想寻找一种我能接受的生活方式。"

不带一点犹疑，直人说得十分爽快。这让明日香觉得钦佩，她看着直人的侧脸。

"说什么梦话哪？别把这个世界想得那么天真。"

爸爸在鼻子里哼了一声。

"不能有梦想吗？我，已经 15 岁了，爸爸。我要走向自己的梦想。"

爸爸轻蔑地瞥了直人一眼：

"我从来没有什么梦想。从早到晚，我就是学习、学习，没有时间去考虑那些多余的事情。一般的人不都是这样吗？如果不这样，你不就要掉队了吗？"

"难怪呢，要不我怎么没从爸爸嘴里听到过有什么快乐的回忆呢？爸爸，你认为拼命地学习，就是抓住了幸福吗？感觉到了活着的快乐吗？"

爸爸把嘴歪向了一边，转过脸，不理睬直人的提问。

"掉队？爸爸的人生是成功的吗？如果连对孩子值得回忆的东西都没有的生活方式，就是成功的话，那我情愿掉队。"

啪啪、啪啪，明日香不由得拍起手来。爸爸和妈妈那两张可怕的脸，瞪着明日香。明日香像乌龟一样，把脖子缩了回去。直人笑了。

"不管怎么说，我提出退学申请。然后，参加二年制的综合高中的入学考试。他们是采取学分制的。我想，这对于我这样一个到今天为止，一直把自己的人生托付给别人的人来说，是一次非常好的学习。报名表我已经拿来了。就是这些，报告完毕。"

一口气说完，直人站了起来。爸爸不知在那里嘟哝着什么，一边的妈妈，丢了魂似的怔怔地发呆。

第二天，递交了退学申请之后，直人就跳上新干线去宇都宫了。

虽然在爸爸和妈妈面前，直人一副充满了自信的样子，但实际上，内心不安极了。递出退学申请的那一刻，心里一点底都没有，手、腿，还有心都在颤抖。

直人恨不能早一点和外公聊聊。

阳光穿过树叶，照得走廊闪闪发亮，和外公并排坐在一起，直人把自己的想法全部说了出来。许多话，他都没有对爸爸和妈妈说。

因为竞争激烈而精神错乱了的朋友的事，坚持正义、批判野蛮老师的朋友的事，陷入一蹶不振状态、成绩上不去的朋友的事……这些朋友，一个接一个都被迫走上了退学的道路。

"昨天还在同一个教室里的朋友，不知什么时候，就不见了。老师也好，我们也好，自然而然地就把那些朋友忘记了，好像从来没有存在过似的。"

外公望着孤立无助的直人的侧脸，心里一阵阵痛楚。

"凡是不合规格的学生，就会被学院剔除。我们简直就如同机器的零件一样。再待下去，心灵的感觉都会渐渐地麻痹了，叫人害怕。"

直人内心的痛苦，流进了外公的心。外公摘下眼镜，按

明日香．生日快乐

住了眼角。

"不是我成绩不好。不过，要是稍一松口气，一下子就会一条直线掉下来。一天到晚总是像被人赶着，连歇口气的时间都没有。"

直人长长地吐了口气。

"一个非常好的朋友得了精神病，不肯迈出自己的屋子一步。这件事对我的打击太大了，他这么痛苦，却从来没有对我讲过一个字！他根本就不信赖我，一想到这一层，我就觉得自己孤独极了。"

低着脑袋的直人抬起头，望向外公。

"如果再这样下去，恐怕我的心也会被毁掉了吧？我认真地想过。也就是在那个时候，明日香对我说了一句话。"

直人眩目似的看向阳光灿烂的天空。

"她说，人一天一天都在变化，为了改变自己，当然就要学习。就是那个时候，我想改变自己前进的道路了。"

直人想起了花瓣中的明日香的笑脸。抱着胳膊倾听的外公"嗯"了一声，点点头。

"明日香能说出这样的话啦？"

外公故意眯起眼睛，开心地说。

"不过，直人也很了不起啊！一个人能想得这么深。"

外公钦佩地连连点头。直人脸上充满了笑容。

"年轻真好！直人，去走自己喜欢的路吧，如果跌倒了，就到外公这里来养一养！去寻找梦想吧，外公会看着你的！直人寻梦？哈哈哈，这可真是太好了。"

外公拍着直人的肩膀笑道。直人的心，仿佛插上了一对翅膀一样的轻盈。

他有了展翅高飞的勇气。

"他外公，敦子的电话！"

外婆在屋子里头叫着外公。外公一边直起身子，一边对直人笑着说：

"我还有事要拜托直人哪！"

"敦子啊，就是桥本老师，是明日香五年级时的老师啊。"

外婆像是在透露一个秘密似的，把手挡在了嘴边，对直人说。

"桥本老师怎么会和外公……"

"我说的话，你可不要去告诉外公。"

外婆"噗哧"一笑，像对明日香常常做的一样，蓦地缩了一下脖子。

"敦子牵挂着明日香的事，常常写信或是来电话，结果就和我们成了好朋友啦。"

外婆慈祥地笑着。这种人与人的关系，让直人感动。

"敦子三月生了孩子，正在休产假。这回她先生要开一家饭店，准备工作忙得团团转。在横滨的什么地方啦？啊啊，对了，叫元町。"

不知什么时候，外公已经站到了外婆的背后。外婆没发觉，还起劲儿地说着。

"剩下的话，让我来说说吧！"

外公突然这么一说，外婆慌忙用双手掩住了口。

"我们想在这家饭店，为明日香开一个生日派对。"

外公坐了下来，说。

"是吗？那么，外公和外婆也要去横滨了？这可是送给明日香的最好的礼物啊！"

"我和敦子都说好了。派对什么的，我们可一点都不懂呀。直人，你能帮一帮我们吗？可要对明日香保密啊！"

外公一笑，眉毛也跟着上下抖动。多么有趣的一个计划

明日香, 生日快乐

啊! 直人也兴奋起来。

"算我一个, 让我干什么都行。"

"这是要请的客人名单。"

外公给直人看了一张写着人名的纸。上面有几个明日香的好朋友, 直人是听说过的。

"外公, 你怎么连明日香好朋友的名字都知道?"

"明日香不到三天, 就会来一封信! 所以, 我当然知道了。"

"我们家里, 外公外孙的感情, 要比爸爸妈妈与儿女的感情强多了。"

外公和外婆放声大笑。直人也笑了。一家人笑成这个样子, 直人还没有经历过。

明日香不知该会怎么高兴了哪! 光是想一想, 直人就有了一种幸福的感觉。

天一下子阴了下来, 闪电划过天际。哗哗哗, 下起了倾盆大雨。外婆急忙去收晒在外面的衣服, 外公和直人也去帮忙。

雨下个不停。直到深夜直人离去时, 还是暴雨如注。

直人退学以来,爸爸开始回避直人。妈妈常常是眼含泪水,直勾勾地望着直人,一副还不死心的样子。

以入学考试为目标,直人起劲儿地学着,还抽空参加明日香生日派对的准备。元町的桥本老师的饭店,让人有一种温暖的感觉。

"真是不错的一家饭店啊,外公一定喜欢。"

直人打来电话时,外公正在写请帖。

"为了衷心祝贺明日香的生日,我给你爸爸和妈妈也写了请帖。"

外公的好意,让直人的胸口热乎乎的。

五月结束了。

气温骤降,一个让人觉得寒冷的日子。

直人一个人在客厅里看着电视里的新闻节目。明日香已经睡着了。妈妈有工作,在自己的房间里忙着。爸爸还没有回来。

天气预报上说,今天是三月下旬以来最冷的一天。厉

明日香, 生日快乐

木地区的山里面, 不少地方下了冰雹。直人突然自言自语地说道:

"外公那边不要紧吧?"

电话铃响了。直人反射似的看了墙上的挂钟一眼, 11 点 10 分。

"直人吗? 外公啊, 生日派对准备得顺利吗?"

"顺利呀, 连我都兴奋起来了。"

"那太好了。不管出了什么事, 一定要开好生日派对啊!"

"咦, 怎么啦, 外公?"

"我突然就想听听明日香的声音了!"

"知道了, 我去叫她。请稍等一下。"

放下话筒, 直人回头一看, 妈妈脸色苍白地站在那里。

"是外公的电话吧?"

直人点点头。妈妈拿起了直人放下的话筒。

"爸爸, 这次你又要给她出什么主意? 你别再多管闲事啦, 何况明日香已经睡下了, 晚安!"

说完, "啪"的一下, 就粗暴地挂断了电话。直人目瞪口呆地看着妈妈。

"你怎么随便挂断了电话? 说不定有急事呢?"

"就算你瞒着我，我也知道啊！你去过宇都宫吧？你也好，明日香也好，都是我的孩子啊！为什么要去外公那里？重要的事，为什么不能对我说？去一趟宇都宫，你们俩回来时就变得怪里怪气了！冷眼看我，外公对你们说些什么了？外婆说了我什么坏话？说出来让我听听，直人！"

妈妈突然号啕大哭起来。直人握紧了拳头。

"你在说什么啊？乱七八糟的！最需要的时候，没给我们力量的不是你吗？如果没有外公和外婆，明日香和我还不知道怎么样了呢……真是不知道哟！"

直人突然叫了起来，埋在心底里的话，随着怒火一泻而出。他泪流满面。妈妈因为惊愕，眼睛和嘴就那么大张着。

"不要说外公和外婆的坏话，一句也不要说。他们担心着我哪，因为我太用功，怕我累坏了，叫我注意一点。"

妈妈放声哭起来。

"哥哥！"

本该睡着了的明日香，一边揉着眼睛，一边朝哥哥身边走过来。

"外公呢？外公在哪里？"

明日香东张西望地在房间里搜索着。

"在哪里？当然是宇都宫啦！你睡糊涂了。"

"可是，我听见外公在叫着明日香呀！"

"来过电话了，说是想听一听明日香的声音。"

"什么时候？"

"就是刚才，妈妈把电话挂断了。就因为这个，我们才吵了起来。"

直人说完这些，突然像是明白过来了什么似的，瞅着明日香。明日香那睁得大大的眼睛，充满了恐惧。直人连忙给宇都宫打电话。铃声响了许多遍、许多遍，都没有人接。直人心跳得都快要裂开了。

电话铃响了，直人哆哆嗦嗦地抓起了话筒。

"喂喂，这里是藤原家。"

"直人吗？外公刚才倒下了，被救护车送到了医院，不过，已经不行了。医院的医生说至多能挺到早上，告诉静代快点来吧！这事来得太突然了，外婆已经不知道该怎么办才好了。"

"不行了？外公死了吗？不是刚刚来过电话吗？别哭了，外婆，我们马上就过去。"

妈妈惊呆了。明日香直直地望着直人。明日香像是崩溃了似的，一下子坐到了地上。

"妈妈你个傻瓜，你为什么要把电话挂断！"

明日香叫着，声音像是从肚子里挤出来的似的。她"咚咚"地敲着地板，撞着额头，泪水哽咽在喉。她痛苦得喘不过气来了，直人拍着她的肩头。

"明日香，打起精神来，我们去外公那里！"

妈妈傻掉了，在那里呜呜地哭个不停，直人只好取代她与爸爸的手机联系。30分钟之后，大家都坐到了爸爸开往宇都宫的车子上。

明日香坐在车里，只是呆呆地望着窗外的黑暗。

到达宇都宫的市民医院时，天已渐渐放亮了。

外公已经永远也醒不过来了。

"外公，明日香呀，睁开眼睛呀！起来呀，啊？外公！"

明日香在外公的耳边轻轻地说。

"刚刚逝世。笑着说了一句，'明日香来啦'，就停止了呼吸。"

外婆眼睛里含满了泪水，眨巴着眼睛。

明日香.生日快乐

　　明日香握住了外公的手。盼着这样握着，外公就会活
过来……

　　外公那没有任何反应的手，渐渐地冷了下来。明日香永
远也不想松开外公的手。

　　——外公，求你了，别扔下明日香一个人！

　　不安与孤独的黑云，在明日香的心头扩散开了。明日香
的笑容与希望消失了。

　　六月了。

　　养护学校院子里灯台树的白花开了。

　　这些可怜的花刚一绽开，就被雨水一阵猛打。然而，被
雨水打过的花，反而开得更加灿白了。它们把明日香吸引住
了，她呆站在那里，美丽的灯台花让她不禁想起了阿惠的那
张脸。

　　阿惠那瘦弱的身体，被病魔折磨得不成样子了。即使是
这样，一感觉到明日香的身影，她脸上还是会露出淡淡的微
笑。哪怕是明日香什么也不说，阿惠的心中仿佛也知道了明
日香的悲伤。

从阿惠那双清澈的眼睛里，淌出了无限的温柔，把明日香裹了起来。像是为了让明日香鼓起勇气似的，阿惠用细细的手指去摸明日香的脸蛋儿。

真田老师依在墙上，望着两颗心相通的样子。

"风中摇晃的烛火啊……"

真田老师嘟哝着。真田老师刚从阿惠的妈妈嘴里知道，阿惠的生命所剩无几了。

"只要还允许，我就想让她来学校。阿惠也是这样希望的。一到上学的时间，本来不可能再动弹的身体，就会晃动起来。是在说，我要上学啊！"

今天早上，真田老师冲她招呼了一声："早上好！"在痛苦的喘息中，阿惠还露出了快乐的微笑。

真田老师把手放在额上，挡住了涌出来的泪水。无尽的思念啊！

一想到明日香的心情，他的心更加沉重。

真田老师和担当保育的伊藤老师、阿惠的妈妈谈了一次。

"最信赖的外公逝世了，藤原同学现在是整天萎靡不振的。

如果再加上阿惠的事，还不知会变成什么样子呢。我们必须想办法，来保护她那颗玻璃一样脆的心。我想，还是把阿惠的情况如实告诉她，让她早有心理准备。"

真田老师说。完全失去了笑脸的明日香的那副样子，让伊藤老师和阿惠的妈妈都觉得心痛。

"因为外公死得太突然了，让她难以接受。真是可怜。说是心理准备，其实也是很难的一件事啊！"

伊藤老师束手无策地望着天花板，咬紧了嘴唇。

"我从生下阿惠那一天起，就开始了心理准备，因为这孩子什么时候死去，都不会令我意外。为了让阿惠那有限的生命放射出光彩，我每一天、每一天都格外地珍惜。我要做的就是，即便是和阿惠分手了，我也不会后悔，不会哭泣。为此我已经准备了 12 年了，可还是不行啊！我还是哭啊、哭啊。"

阿惠的妈妈用手绢擦着眼睛。

"真田老师，悲伤的时候只有哭出来啊！我要和明日香一起哭，两个人抱在一起，沉浸在悲伤里。如果阿惠入院了，您能把明日香带到医院里来吗？"

真田老师被阿惠妈妈的坚强和温情感动了。

"我想，阿惠一定会给明日香留下一点什么的。不止是希望，一定是成为希望的东西。因为，两个人是好朋友嘛！"

"就是说，让她正视现实，以后，则是要相信藤原的生命之力来守护着她了？"

真田老师说完，阿惠的妈妈点了点头。伊藤老师忍不住放声哭起来。

第二周的星期一，阿惠因高烧被送进了市立医院。

明日香就那么背着书包，和真田老师一起赶往医院。阿惠住的医院，与养护学校只隔了一条街。

阿惠在集中治疗室。一边在门外守着，阿惠的妈妈一边握着明日香的手。

"明日香，你听我说，阿惠的生命之火，没有多少时间就要熄灭了。"

明日香惊呆了。这离外公的死，还不到三个星期。明日香的面孔痉挛般地扭曲了。

阿惠的妈妈轻轻地抱住了明日香。

"阿姨以为，一个生命消失了，并不是说就失去了。阿姨不会忘记阿惠出生的一切，阿惠的笑脸，还有泪水，阿姨一点也不会忘记。"

阿惠妈妈的泪水，落到了明日香的脸上。是热热的泪水。

"就算是生命消失了，阿惠还会一直、一直活在阿姨的心里。所以，阿姨虽然悲痛，但一点都不孤单。"

被阿惠妈妈抱得紧紧的明日香，想起了外公。外公的死，锁上了她的心、封上了她的心。只要想一想，悲痛得就会喘不过气来。明日香还不知道应该怎样来对待外公的死才好。

阿惠妈妈的话，深深地、温暖地淌进了明日香的心田。

从那天起，明日香每天都去医院。

和躺在床上的阿惠，还有阿惠的父母一起度过时光。

阿惠的呼吸已经十分微弱了。为了不让阿惠的生命之火熄灭，医生和护士还在尽力治疗。充满爱心的父母，也守在一旁。不到生命之火熄灭的那一刹那，谁也不肯放弃希望。他们坚信，阿惠的生命之火，会一直燃烧下去。

"努力啊，阿惠！"

明日香暗自为她加油。不管在哪里，阿惠的笑脸总是在明日香的心里。

是雨住了的星期天的下午。

阿惠那一页短短的 12 岁的人生，合上了。她像是睡着了、做了一个快乐的梦一样，嘴边还停留着微笑。

阿惠的爸爸，紧紧地握着阿惠那细细的小手。

"你努力了，我被阿惠活下去的勇气感动了啊！爸爸为有阿惠这样一个好女儿自豪啊！现在，你可以安心休息了。"

然后，他泪流满面地转向明日香。

"明日香啊，如果神哪怕是只许给一个愿望，阿惠一定是毫不犹豫地说，请给我声音吧！她只是想对你说一声'谢谢'啊！真的谢谢你啊！"

阿惠爸爸把手放在了明日香的肩上，说。明日香只是哭。

"明日香，哭吧！悲痛的时候，就痛痛快快地哭吧！我们一起哭吧！"

阿惠妈妈抱住了明日香。

一边哭，明日香一边悄悄摇着阿惠的手。

"阿惠，谢谢你。你总是那么温柔地接受我，胆小鬼的明日香也好，哭鼻子的明日香也好。阿惠，是你给了我勇气啊！"

明日香的声音颤抖起来。

明日香，生日快乐

"明日香是不会忘记阿惠曾经那样努力地活下去的，用仅有的力量与病魔战斗……"

阿惠妈妈用手轻轻地摸着明日香的肩。

"阿惠，你传达给明日香的那颗心，明日香会永远珍藏。和阿惠成为好朋友，真的很好很好。"

不会忘记……明日香绝对不会忘记阿惠和外公……这样起誓的时候，明日香的心锁被打开了。

——看哟，外公在这里哟。在明日香的心中。

——只要明日香没有忘记了外公的心，外公就永远与明日香在一起，活在明日香的心里。

记忆

是哟！那时候也是电话……

深夜的客厅里，妈妈一边摇晃着倒了威士忌的酒杯，一边回忆起了过去的事情。

静代刚刚成为一名六年级学生。

春野姐姐因为心脏病，住进了东京的大学医院。

不知是第几次大手术了，妈妈为了照顾春野姐姐，也去了东京。

从静代幼年起，妈妈的心就被春野姐姐占据了。

"怎样才能治好春野的病呢？做点什么事，春野会高兴呢……"

妈妈不论在什么地方，总是想着这样的事。

静代考试考了一个一百分也好，校内马拉松得了一个冠军也好，都不能引起妈妈的注意。不管静代怎么努力，也比不上春野姐姐。

因为孤独而哭泣时，妈妈就会用严厉的声音说：

"春野姐姐正在拼命忍受着痛苦的治疗，静代不努力可不行。如果为了一点无聊的小事就哭鼻子抹泪，会遭报应的！"

就这样，静代不再流露出自己的感情了，成了一个不哭也不笑的孩子。

五月的连休结束之后，好久不见的妈妈回家来了。

"春野好多了，这星期和静代在一起。"

一直担心着的春野姐姐的手术做完了，从紧张中走出来的妈妈，从没这样温柔过。本来扎在心上的那些个刺，一遇到妈妈的温柔，全都被摘除了。也不那么孤独了。静代的心，被一股暖流包裹起来。

"这个星期还有三天。"

静代弯着手指数了好几遍。

傍晚，妈妈早早就去洗澡了。电话铃响了，静代拿起了话筒。

"喂喂，这里是堀家。"

静代这样说的时候，对方急不可待地说：

"喂喂，我是大学医院。春野的病情急剧恶化，请马上来！"

可还有三天啊……

按住起伏的胸口，静代装出大人的声音说道：

"知道了，马上就来。因为比较远，可能需要一点时间。"

她粗暴地挂断了电话，让自己平静下来。

"是不是电话响了？"

妈妈问。静代用明快的声音回答道：

"是朋友来的！明天的作业忘了，让我告诉她。"

爸爸也早早回来了，还带回了静代最喜欢吃的水蜜桃。静代跳了起来，好久没这么跳过了。

"要是吃多了，会把肚子吃坏啊！"

爸爸和妈妈对自己身体的关心，让静代好开心。她吃了好多水蜜桃，吃得肚子都快疼起来了。

第二天一早，春野一个人在医院停止了呼吸。

虽然妈妈知道静代说了谎，但却没有骂她，什么也没说，只是一个人那么哭着。她没有对静代说，我们一起哭吧！

明日香. 生日快乐

　　静代把记忆尘封起来, 把它忘掉了。28 年以来, 一个晚上都没有想起来过。

　　"是哟, 那时候也是电话……"

　　妈妈哭得泪流满面, 一个人自言自语。

　　自从外公死了以后, 妈妈一直彻夜难眠。一种无可奈何的后悔和孤独向她袭来。

　　不接电话就好了, 马上把话筒交给明日香就好了……

　　一闭上眼睛想睡觉, 明日香的哭叫声和外公的那张脸就会浮现出来。而且, 明日香的脸会和春野的脸重叠起来。就像贴在了眼帘上似的, 春野的容貌怎么也不会消失。妈妈用两手使劲揉着眼帘。

　　遥远的记忆, 因为外公的死, 又复苏过来了, 它让妈妈感到了痛楚。妈妈翻来覆去重复着一句话:

　　"那时候, 也是电话……"

　　"喂, 袜子找到没有啊, 你在干什么哪? "

从早上起，爸爸就对妈妈吼。

妈妈一直把爸爸的东西整理得整整齐齐的，妈妈把它们都按顺序放好，爸爸只要从上面往下拿就可以了。

慌忙起身寻找袜子的妈妈的那双眼睛，暗淡无光不说，还黑黑的一圈。

"手绢也没熨呀，皱皱巴巴的，你想就这样叫我拿出去吗？要是换成我妈妈，绝对不会这样。"

爸爸把揉成一团的手绢，向妈妈脸上扔去。妈妈缩着身子，小声说对不起。

"箱子里不要紧吧？我可不放心！"

爸爸今天要去纽约三个星期。爸爸每次出差，必要的东西一直是妈妈替他装进箱子里去的。

直人怒气冲冲地瞪了爸爸一眼。他把吃了一半的面包，往盘子里一扔，站了起来。

"自己的事，自己做哟！也稍微替对方想一想！"

明日香的大眼睛，惊慌地注视着事态的发展。

"你不要出言不逊！我可是为了你们这两个想怎么样就怎么样的孩子，才忍气吞声，拼命工作的！至少也要说一声谢谢吧。"

明日香.生日快乐

爸爸把手里的公文包，摔到了地上。

"明日香也好，我也好，受伤过，苦闷过，思考过，好不容易才站了起来。不是像你说的那样，想怎么样就怎么样！这次轮到妈妈了。妈妈一个晚上一个晚上地睡不着觉，你都没有注意到。如果是伴侣，就该扶一把啊！爸爸，求你了。"

被直人一说，爸爸如梦初醒似的，看了憔悴不堪的妈妈一眼。

"你说我都干了什么？我不是在努力工作吗？"

直人吐了一口气。

"为什么你总是为自己辩护？根本就没办法和你说话！"

妈妈把爸爸的公文包捡了起来，放到桌子上。妈妈向爸爸赔不是：

"别再说了，都怪我丢三落四的，对不起。"

"妈妈，你总是这样，不肯面对问题。这样，永远也解决不了。"

直人看着妈妈，眼神里夹杂着绝望与同情。

爸爸在门口穿鞋时，直人把一封厚厚的信递给他。

"这是外公寄放在我这儿的，你在飞机上读一读吧。"

爸爸瞪了直人一眼，什么也没说，把信塞到了西装的口袋里。

这天晚上。

洗好的衣服堆了一大堆，明日香对正在熨衣服的妈妈说：

"要我帮你吗？"

妈妈默默地熨着，苍白的额头浮起了青筋。

"给我吧，让我来熨吧。你好像累了，去睡一会儿吧。"

明日香正要从妈妈手里把熨斗拿过来，妈妈突然尖叫起来：

"不要靠近我！到一边去！"

叫得这么凶，明日香被她吓住了。

妈妈的眼睛里，燃烧着憎恨。

"为什么？为什么你这样讨厌明日香？是因为我长得像春野阿姨吗？"

妈妈把目光转向了一边。明日香推开了她那扇紧闭着的记忆之门，走了进来。

"妈妈你好坏啊，明明是自己的问题，自己不解决，却推给了明日香。冲春野阿姨说不出口的话，全都发泄到了明日香身上。明日香，不是妈妈记忆的一部分啊！不是妈妈想怎么伤害就怎么伤害的存在啊！明日香是明日香自己的，不是别人的东西！"

明日香把压在心底里的话一股脑儿说了出来，她停不下来了。妈妈拿两手捂住了脸，憔悴凹陷的眼眶里充满了泪水。

明日香说：

"因为你是妈妈，才想跟你撒娇。不管你怎样伤害了我，我还是希望你爱我。"

明日香大吸了一口气，静静地宣布道：

"我不再叫你妈妈。从今天开始，我叫你静代，请你不要再把明日香当成自己的一部分了。"

明日香转过身，走了几步，又停了下来。

"明日香身上也有好的地方。你不要用妈妈的眼睛，请你用静代的眼睛来看一看明日香。如果可以，我想我们能够成为好朋友。"

说完，明日香头也不回地回自己的房间去了。她扑倒在床上，哭了起来。

妈妈茫然地待在那里。明日香的话，静静地、深深地渗进了她的心里。

"不是电话的错，也不是明日香的错，问题在我的心里啊……"

妈妈用手指按住眼角，一个人自言自语道。

她把手伸进围裙的口袋里，拿出一张直人写的纸条，上面写着心理辅导中心的电话号码。

——去试一试心理辅导吧！

——要勇敢地正视自己……

——总有一天，明日香会从心底里叫一声"妈妈"的。

生日快乐 🌹

"外婆，明日香的生日派对您来吗？"

直人选了一个无人的午后，打电话到宇都宫。

"当然来啦，外公最后的礼物嘛！"

外婆说，声音听上去比想象的还要精神。

"太好了，我还在担心您是不是想不开哪！"

"我没事，外公留下了那么多的回忆！"

说是这么说，外婆还是强忍泪水说不下去了。

"明日香怎么样？"

"总算是挺过来了。多亏了朋友的妈妈、老师们的支撑，虽然不是亲人，却那么惦记着她！真是让我感动。"

外公死后，明日香的心几乎都碎了，直人好不担心。

"这真是再好不过了，我比谁都惦记她啊！对了，直人你考试的结果怎么样？"

"考上了，秋天开学。"

"呀，祝贺你！佛龛上的外公也在说祝贺你哪！"

"外婆，谢谢。你这话可救了我！那么，我要去准备啦！"

"好呀好呀，拜托了。我快乐地盼着哪！"

直人就那么握着话筒，外婆的话让他心潮起伏。

爸爸和妈妈没有对他说过："祝贺你！"

从光进学院到学分制的高中，直人改变了自己的升学路线，却一直没有得到爸爸和妈妈的认可。尽管如此，直人心里还是对他们怀有期待，盼望他们对他说一句"直人，祝贺你！"……

"你还期待什么啊？不是已经打定主意不在他们面前撒娇了吗？"

直人大声地自言自语，两手"啪"地打了自己的脸一下。

六月的最后一个星期日，直人带明日香去元町。一说是去参加桥本老师饭店的开业典礼，明日香高兴得直点头。

明日香，生日快乐

"哥哥，多么美丽的蓝天啊！"

直人抬头望向天空。一片仿佛是蜡笔画出来的鲜艳的夏日蓝天。

"外公说过，如果心里空了，就去向天空要力量吧！"

海潮的气息随风而来。他们沿着一条石子路向大海方向走去，前面是一座蓝色人字屋顶的小饭店。

打开门，直人在明日香的背上轻轻推了一把。

"明日香，欢迎你来！"

系着雪白围裙的桥本老师出来迎接她。

明日香精神抖擞地叫道：

"祝贺开店！"

桥本老师从明日香手中接过一束小小的花束，愣了一下。

"进去吧！"

直人一边笑，一边点头。

当明日香跨进店里的一瞬间，掌声响了起来。明日香吃惊得闭不上嘴了，眼睛都顾不上眨了。

阿惠的妈妈抓住明日香的手，把她领到了外婆边上的一个座位。

"外婆！"

明日香，生日快乐

　　她在店里面，看到了外婆的一张笑脸。

　　"好想见你啊，明日香！今天，外公和我们在一起啊！"

　　明日香边上的一个空椅子上，摆着外公的照片。

　　"外公，如果知道您来，明日香该去迎接您的啊！"

　　明日香与外公说道，仿佛外公就在边上似的。她扬起脸，朝四周望了一圈，她看见了浜本晶、吉浦茂、祥司，还有顺子。还看见了真田老师、伊藤老师和阿惠的爸爸、妈妈。

　　"原来桥本老师认识大家啊？哥哥，天下真小呀！"

　　明日香说完，大伙哄堂大笑起来。直人也咯咯咯地笑起来。

　　"今天是生日聚会啊，明日香！是感谢明日香诞生的日子啊！"

　　明日香的大眼睛睁得更大了，望着大家。浜本晶挥挥手，祥司和吉浦茂得意地笑了。

　　"怎么样？还等一会儿吗？"

　　桥本老师与外婆、直人耳语着什么。爸爸和妈妈还没有来。外婆皱起了眉头，一脸的为难。爸爸出差去纽约了，妈妈一大早就一声不吭地钻到了厨房里。

　　直人对着外婆的耳边说：

　　"别指望他们两个啦，外婆，开始吧！"

　　"是呀，让大家久等也不好，那么，就拜托你了。"

一边这么说，外婆还一边不停地往门那边瞅。桌子上是西班牙的家常菜，店里飘满了香味。

生日蛋糕端到了明日香的面前，上面插着 12 根摇曳着火苗的蜡烛。看到蛋糕上写着自己的名字，一股感动的热流流过明日香的全身。

——外公，谢谢您。明日香高兴得都快要哭了。

明日香悄声对身边那张外公微笑的照片说。

"明日香，一口气吹灭啊！啊，可不要喷上唾沫，我们还要吃哪！"

"哥哥，你好啰唆！别说话，我要分心的。"

一——二，正在明日香吸气的一瞬间，"咣当"一声，门猛地被推开了。妈妈紧搂着一个盒子闯了进来。

"对不起，我来晚了。我怎么烤也烤不好！"

妈妈把盒子放到了明日香面前，从里面取出一个生日蛋糕。这蛋糕扁扁的，没有膨胀开来。妈妈这方面很差，这蛋糕和店里特制的蛋糕摆在一起，显得好可笑。

妈妈哭丧着脸说：

"还是算了吧，别丢人现眼了。"

妈妈想把生日蛋糕放回到盒子里面去，但被明日香按住

明日香. 生日快乐

了手。

"看上去很好吃的啊，我想吃静代做的生日蛋糕。"

妈妈的眼泪淌了出来，说了声谢谢。她的目光与明日香碰到了一起，但这次她没有躲开。

明日香一口气吹灭了两个生日蛋糕上的蜡烛。大家热烈的掌声，把明日香记忆中的悲伤变成了希望。

外婆和颜悦色地站了起来。

"欢迎大家光临明日香的生日聚会。上个月逝世的明日香的外公，我的丈夫，一直盼望着与大家见面。他说，他一定要感谢大家对明日香的关怀。今天，我代替我丈夫谢谢大家了！"

外婆深深鞠了一躬。

浜本晶和顺子右手端着装了果汁的香槟杯，站了起来。

"明日香，生日快乐！我们真的感谢你来我们青叶小学。你那种该发火时就发火的勇气，给了我们多么大的力量啊！为我们永远的友谊，为明日香的勇气，干杯！"

两人齐声说道。碰杯声响了起来，一张张温柔的笑脸像光一样，照亮了明日香的心。

直人记起来，一年前明日香生日那天曾说过伤了她心的话。留在明日香心里的那道深深的伤口，也成了直人的伤口。

直人想把它甩掉似的说：

"我们边吃边说吧！一人一句，请对明日香说点什么吧！"

祥司和吉浦茂从盘子上露出脸来，看着直人：

"这种场合，还是从直人先开始吧！"

直人抓抓头，站起来：

"妹妹明日香 11 岁生日那天，因为精神压力，失去了声音。我和我们这个本该好好守护着她的家庭，却伤害了她。"

妈妈的手轻轻地碰了一下明日香。

"在外公和外婆的热情关爱下，明日香总算是重新站了起来。重新站起来的她，变得更坚强了。当我为学校的事、朋友的事烦恼时，明日香对我说，人为了改变自己，就要学习。她这一句话，让眼前只有一条道路的我，一下子看到了许多条道路，让我有了不怕改变自己的勇气。"

明日香眼睛眨也不眨地直视着直人。直人遇到她的目光，笑了。

"我想成为一名小儿神经科的医生，是明日香让我拥有了这个未来的梦想。谢谢，明日香。你能来到这个世界上，真是太好了。"

明日香觉得心中的伤正在消失。

明日香，生日快乐

阿惠的爸爸和妈妈站起身，冲妈妈和外婆轻轻鞠了一躬。

"对于阿惠来说，明日香是她最初也是最后的朋友。阿惠生下来就是一个重度残障儿，不能说话，也不能走路，总是孤单一个人。自从遇见了明日香以后，阿惠就变得精神起来了。谢谢照亮了阿惠生命的明日香！祝你生日快乐。"

明日香好像在两人的肩膀之间，看到了阿惠那一张明朗的笑脸。

"见到明日香那一天，我没了自信心。想知道孩子们的心思，结果却什么也知道不了，我很少这么沮丧。这时，一张天真烂漫的脸对我说，你只要想去知道，就行啦！这让我明白了一个重要的道理。谢谢！"

真田老师摸着因喝了香槟而发烫的脸，说道。妈妈目瞪口呆地望着明日香。一个自己所不知道的明日香，在与人们的交往中竟是那么的闪闪放光。

桥本老师抱着婴儿，从里面走出来。

"明日香爸爸来了一封邮件。"

说完，桥本老师递给妈妈和直人一张纸。

"哇啊，好漂亮的宝宝啊！老师，叫什么名字啊？"

"叫若菜，已经三个月大啦。"

　　桥本老师一副母亲的表情。顺子和浜本晶凑过来，小心地摸着宝宝的小手。脸一贴过去，飘过来一股奶香。

　　"我也这么小过吧？老师，母亲真是伟大啊。能把这样一个软弱的小生命，精心培育大呢！"

　　"为了长大，拼命吸奶的宝宝也很伟大啊！"

　　桥本老师冲明日香微微一笑，在宝宝那粉红色的脸蛋儿上亲了一口。

　　直人站起来，开始读爸爸的邮件。

　　"外公的信，我在前往纽约的飞机上反复读了好几遍。"

　　明日香一边吃着热气腾腾的西班牙肉饭，一边听着爸爸的来信。

　　"外公把明日香在宇都宫的情形写得格外详细。像明日香坐在地上的时间、爬树爬得多么好、还敢捉虫和青蛙了等等。一开始，我还以为这都是些无聊的事情。"

　　众人的目光都被直人吸引过去了。

　　"外公似乎被明日香这一个个行为感动了，那是明日香丰富的内心。外公说，对于人生来说，没有浪费时间的事情。你以为是浪费时间的事情，可能却有着深刻的意义。对我这样一个从小就被告知'不坐在桌子前面，就是浪费时间'的人来说，这无疑是迎头一击！"

直人手抖了起来。明日香把勺子放下来，仿佛头一次与爸爸的心沟通了。把手在膝头上放端正了，明日香盯住了直人。

"什么才是丰富呢？直人所说的'人生的喜悦'，究竟是什么呢？我在心里不断地问自己。我已经到了这个年纪，还是头一次面对自己的内心。明日香，爸爸没能发现你的长处，是不配一个父亲的称呼的！从今往后，爸爸要像你一样丰富自己的内心。我非常想出席派对，匆匆做完了工作，刚刚抵达成田机场。现在，我直接去你那里。怕万一赶不上，就写了这封 E-mail。衷心感谢你的诞生！明日香，祝你生日快乐！"

妈妈用餐巾盖住了脸。明日香的身子像发烧了一般的热。直人一屁股坐了下来，泪水在眼里打着旋。

"明日香之所以失去声音，全是我的错！我们只是在表面上扮演着好女儿、好妈妈。我没有面对问题的勇气和智慧，我伤害了姐姐和妈妈、明日香和直人，还有大家。对于明日香来说，我实在是一个过分的妈妈！"

妈妈轻轻地说道，她的指头在桌子下面微微颤抖着。

"在直人的劝说下，我开始接受心理辅导。我要彻底改变自己，和明日香建立一种新的母女关系。我固执地不肯接受大家的帮助，实在是太过分了。从今往后，还请大家对明日香多多关照。"

"过分的是我啊！是我不好，让你留下了苦涩的回忆。"

外婆像待一个小孩子似的，轻轻地摸着妈妈的背说。

明日香悄悄地站到了卫生间里。

菜味道好得就不用说了，心里也充满了欢乐。尽管如此，眼泪却怎么也止不住。明日香用冷水洗去泪水，冲着镜子里的自己，绽开了一张欢快的笑脸。

"生日快乐，明日香！来到这个世上有多好啊！"

明日香回到座位上，大家正在专心致志地倾听外婆讲着什么。

"宇都宫那个家啊，我想让它成为一个心里受过创伤、老家不在乡下的孩子们任何时候都能来玩的地方。这是外公的计划，已经开始准备了。还要造一幢房子做残障人的工作室。外婆忙得是团团转啊！"

"这好啊，我去读一所在宇都宫附近的大学吧！再过两年，我就可以帮忙了。"

直人高兴地说。外婆悄悄地冲外公的照片一笑。

"我也想去。放暑假我们可以去玩吗?"

把手举得高高的浜本晶和顺子说。"我们也去,也去。"吉浦茂和祥司也叫了起来。

"好啊,大家一起去吧。可不是去玩,是去帮忙的啊。"

真田老师这么一说,阿惠的爸爸和妈妈,还有桥本老师都点了点头。外婆睁大了眼睛,欢喜地望着大家。

"一定要来啊,外公一定会高兴的!外公常说,要把长长一生所获得的恩惠,一点一滴地还回大地。大家明白了外公的心意,真让我高兴啊。"

妈妈把手放在了一脸泪水的外婆的背上。明日香嘴里含着果子露,转着眼珠,瞧着一张张笑脸。

"砰!"

门被推开了。

爸爸满头大汗,抱着一个毛茸茸的大布偶玩具站在那里。他晃着肩,一口一口地喘着粗气。一看就知道他是急匆匆地赶过来的。

"明日香的爸爸奔回本垒了!太好了,藤原!"

真田老师一说，众人拍手欢迎起爸爸来。

"谢谢。"爸爸用沙哑的声音说道。他还在呼哧呼哧地喘着气，稍稍顿了一下，他大声叫了起来：

"明日香，生日快乐！"

作者后记

有位丧失了说话能力的少女，来到了我的教育咨询室。看一眼，就知道是这个少女的心灵在发出痛楚的尖叫啊！对此一无所知的母亲，使少女受到了一种被称之为"否定存在"的精神虐待。

在心理辅导的过程中，我知道了这位母亲在成长过程中，不论什么事，都会被拿来与姐姐做比较。透过少女的痛楚，母亲第一次发现了自己内心所存在的问题。少女那温柔的目光，投向了母亲泪流满面的侧脸。我问她："喜欢妈妈吗？"少女笑着用力点了点头。这个天真烂漫的少女的形象，在我心中，化成了 11 岁的明日香。

孩子们是勇敢无畏的，他们甚至豁出性命，也要去帮助他们赖以依靠的大人。我注意到，我在谈话室里虽然每天面对的是"儿童的问题",实际上,却是以父母、老师为主的"大人的问题"。

有一位少年想走出书堆,想一边与人交往一边学习。这位与直人十分相似的少年,已经处在被父母的过度干涉与过度期待逼得快要崩溃的边缘了。少年内心的幻想与梦想,都被父母及老师认为不过是在浪费时间。少年在叙说自己的梦想时的那张灿烂的笑脸,让我难以忘怀。我们大人,正在丢失着像外公那样关怀着明日香与直人的一颗心。精心培育孩子们的梦想,是我们这些大人被赋予的一种责任。

我在中学时代,曾遭遇过伤亡惨重的"横滨大空袭"。从工厂回家,要穿过一片被烧得焦黑的尸体。我一面为活下来的那些生命的奇迹而震撼,一面在心里不停地发誓:"好好活下去,坚强地活下去!"我想,这种想法,我已经通过明日香与直人那坚强地活下去的形象传达给各位了。

生命是非常可贵的。我写作这本书,就是希望我们的学校和社会,能让孩子们齐声说出一声:"生下我们多好啊!"

献给世界上仅有一个的、最宝贵的你……
以由衷的爱的名义,祝你生日快乐!

图书在版编目（CIP）数据

明日香，生日快乐 /（日）青木和雄，（日）吉富多美著；
彭懿译.—昆明：晨光出版社，2016.1（2024.7重印）
ISBN 978-7-5414-7767-6

Ⅰ.①明… Ⅱ.①青… ②吉… ③彭… Ⅲ.①儿童文学－长篇小说－
日本－现代 Ⅳ.①I313.84

中国版本图书馆CIP数据核字（2015）第294837号

著作权合同登记号 图字：23-2015-099号

MING RI XIANG SHENG RI KUAI LE
明日香，生日快乐

出 版 人 吉 彤

作 者	〔日〕青木和雄 吉富多美
翻 译	彭 懿
绘 画	帽 炎
项目策划	禹田文化
策划支持	小鲁文化
责任编辑	李 政 常颖雯 付凤云
美术编辑	刘 璐 沈秋阳
封面设计	木
内文设计	辰 子

出 版	晨光出版社
地 址	昆明市环城西路 609 号新闻出版大楼
邮 编	650034
发行电话	（010）88356856 88356858
印 刷	固安兰星球彩色印刷有限公司
经 销	各地新华书店
版 次	2016 年 1 月第 1 版
印 次	2024 年 7 月第 16 次印刷
开 本	145mm×210mm 32 开
印 张	6
I S B N	978-7-5414-7767-6
字 数	95 千
定 价	22.00 元

退换声明：若有印刷质量问题，请及时和销售部门（010-88356856）联系退换。